LA AGENDA DEL DETECTIVE

Carlos J. Gárate

La agenda del detective
Género: Cuentos

Carlos J. Gárate

Corrección de textos:
Nélida Chicotte Farfán
Alejandro Chicotte Farfán

Diseño, diagramación y foto de portada:
Alejandro Chicotte Farfán

Depósito Legal: DC2020000490
ISBN: 978-980-18-1160-2

Impresión:
Inversiones Sorridendo, C.A.
RIF: J-29708464-9
Teléfonos: 0212-5256912 (0424) 1437744
(0414) 1285020

Caracas - Venezuela.
Agosto 2020

CONTENIDO

DEDICATORIA

Este libro está dedicado a Luis Gárate, padre ejemplar que trascendió del mundo terrenal el 20 de enero del 2020, sin él este proyecto no se hubiese materializado.

PRÓLOGO

¿Por qué el policía no escribe?, ¿por qué tantas investigaciones brillantes en el mundo criminal son contadas por personas que no las realizaron? No tengo respuesta para ello, solo les puedo decir que un día decidí escribir un cuento para un concurso en el que lamentablemente, se declaró desierta la competencia. Pasaron unos años y nuevamente escribí otro para participar por segunda vez en el mismo concurso que convoca en cada aniversario el Cuerpo Técnico de Policía Judicial, hoy llamado CICPC. De igual manera, se declaró desierto.

Los años vividos dentro de la Policía Judicial venezolana me han dejado múltiples experiencias, algunas muy alegres, otras tristes, pero en todas hay un aprendizaje: "No sabemos qué esperar de la conducta humana". De aquí surge la idea de contar relatos desde el punto de vista de un policía.

Trabajar dentro de la primera institución de investigación criminal en Venezuela no es fácil, pero sí es muy satisfactorio; no queda mucho tiempo libre, por lo tanto, los momentos de descanso se lo dedicamos a la familia; entonces, ¿cómo escribir y dar a conocer al mundo el maravilloso trabajo que realizamos los detectives venezolanos? Es muy difícil, quizá por eso hay tan pocos escritores policías, o policías escritores.

Tenía dos cuentos y quise realizar un tercero por simple ejercicio literario, pues ya no había concursos; en mi surgió la inquietud de que esos tres cuentos fueran publicados, y así nació el primer libro que lleva por título "Trilogía Criminal", publicado en el año 2018. Pensé que el trabajo estaba hecho, había contribuido con mi granito de arena para que otros detectives de profesión escribieran y publicaran.

Dos años después, luego de escuchar críticas positivas y negativas de aquel experimento que se llamó "Trilogía Criminal", sigue mi nostalgia por la falta de publicaciones relacionadas con los temas policiales. Luego de una meditación algo prolongada, me atreví nuevamente a realizar otro proyecto con la misma línea que me llevó a escribir el primer libro, así es como nace el trabajo que hoy les presento: "La Agenda del Detective", donde se plantean tres casos que son producto de la ficción, pero con argumentos ajustados a la realidad.

Es de reconocer los esfuerzos que personas como Orlando Medina, quién es policía, escritor y locutor, hace por constituir un círculo literario policial en el país; hemos conversado sobre esta necesidad, y, me ha invitado en varias oportunidades a las tertulias, pero aún falta mucho para crear en nuestra policía científica esa cultura narrativa.

En Venezuela al detective que egresa de la academia, durante su proceso de formación, le enseñan que las herramientas de trabajo más importantes son una agenda y un lápiz, éstas las usará durante toda su carrera, cada momento, cada detalle, cada caso es anotado y cronológicamente desarrollado en ella. Hoy día, con los avances tecnológicos podríamos decir que, en el mundo digital, los teléfonos y tabletas inteligentes han desplazado la agenda del detective. No obstante, los investigadores de la "vieja escuela" revisan y se apoyan en sus libretas, que se constituyen en una fuente valiosa de información para las pesquisas.

El protagonista de estas tres historias es nuevamente un hombre apasionado por su trabajo, buscador de detalles, un policía que ve la resolución de un caso como una obra de arte, es el artista que se ha consagrado por presentar los trabajos de mayor calidad y más finos en la investigación criminal, el comisario Carlos Rodríguez. Aquí rememora aquellos casos que trabajó en su carrera de 30 años y reflexiona sobre su futuro.

En el mundo criminal los personajes son diversos, el investigador se enfrenta a situaciones y móviles tan diferentes y variados para cometer homicidios, que terminamos aprendiendo lecciones de vida con la experiencia ajena.

Nuestro paladín de la justicia nos lleva con su sagaz conjetura a enfrentar en los casos aquí narrados a tres asesinos, que no son precisamente los prototipos lombrosianos. Muere un médico, asesinan a un sacerdote y desaparece una madre dejando a sus dos hijos menores.

Las historias aquí contadas con un lenguaje sencillo, sirven de recreación y lectura amena, sin palabras técnicas, ni lenguaje engorroso; también dejamos al lector una reflexión sobre nuestra sociedad moderna, los prejuicios que muchas veces se hacen presentes en cada hogar y que no notamos, pero que están allí, y pueden ser detonantes para la comisión de algún delito.

Decía el más famoso científico del siglo XX, Albert Einstein, que "Es más fácil desintegrar un átomo, que los prejuicios de las personas".

Carlos J. Gárate.

SALUD, PASIÓN Y MUERTE

Carlos J. Gárate

SALUD, PASIÓN Y MUERTE

Capítulo I

Entre besos y caricias una joven pareja se entrega al amor en una habitación de un motel. Sacian sus deseos con lujuria, sus cuerpos sudorosos se confunden en uno solo; gemidos, gritos y risas. Luego de un breve descanso, salen al balcón abrazados, fijan su mirada en las montañas coronadas con estrellas, el silencio es solo interrumpido por algún sonido de los árboles movidos por el viento, de los grillos que interpretan su sinfonía o de sus propios suspiros. En este cuadro de anochecer se prometen permanecer juntos a pesar de las circunstancias.

El caballero vierte vino blanco en dos copas, chocan los cristales y lentamente beben un sorbo, el líquido recorre sus gargantas, sus miradas se cruzan y con un apasionado beso, sellan el momento de felicidad.

Una suave brisa llega hasta los rostros de la pareja, refresca los pensamientos y crea una agradable sensación de libertad, es el regalo que la montaña les da a sus visitantes; de repente, vuelven a la realidad y la preciosa muchacha se percata de la hora, así que le dice a su enamorado que ya debe volver.

Se duchan, se visten y abordan el vehículo todo terreno que los llevará de regreso a Caracas, la capital del país. La mujer se entretiene mirando el teléfono móvil, el caballero, con la mano izquierda en el volante y la derecha en la pierna de su pareja, conduce por la carretera serpenteante. en ese instante, ella recibe una llamada, el conductor baja el volumen del equipo de sonido y la dama responde a su interlocutor.

—Está bien. Saliendo del trabajo, estaré dentro de media hora en la casa.

Una canción se escucha en la radio, narra la historia de un último beso, es del grupo musical "Los 007", los dos corean la melodía.

—Es una canción muy vieja, pero muy bonita, una promesa de amor hasta el más allá. —Decía el hombre.

—Sólo la muerte nos separará. —Exclamó la muchacha entre risas y una mirada tierna. Intempestivamente, un ave negra aparece volando a su encuentro, chocó contra el parabrisas, salpicándolo de sangre, el conductor perdió el control por un instante, el vehículo se deslizó y casi se sale de la carretera, pero con una sorprendente maniobra logró estabilizarlo de inmediato. Se miraron el uno al otro con cara de susto. Ella después de suspirar miró la radio, extendiendo su temblorosa mano para cambiar de emisora mientras su galán continuaba conduciendo y así siguieron el recorrido en silencio, con más cuidado. El vehículo disminuye la velocidad y se estaciona, nuevamente la pareja se abraza y sus labios se unen entusiasmadamente; la mujer desciende y cruza la calle, detiene un taxi y lo aborda. El hombre la sigue con la mirada hasta que desaparece en sentido contrario, seguidamente él continúa la marcha.

Media hora despúes, la mujer recibe un mensaje en su móvil, el cual decía: "Antonia: ¿Llegó a su casa?".

La joven escribe al instante, y a muchos kilómetros de distancia el enamorado recibe su respuesta: "Doctor Alvarado: Sí".

La ciudad se apresta a dormir, el ruido del tráfico va disminuyendo, de vez en cuando una sirena de policía o ambulancia inunda las avenidas, el ladrido de los perros se ahoga en la noche; descansar es el objetivo, lograrlo es un reto, pero la pareja, ahora a distancia y en camas diferentes, duermen tranquilamente, pues el amor los conduce a la calma y la calma a un sueño placentero.

Capítulo II

Una modesta oficina con decoración sencilla, mobiliario antiguo, paredes pintadas de un blanco perla, colgados de ellas, un retrato del Padre de la Patria y otro del Presidente de la República; en ambos lados del escritorio, los estandartes de Venezuela y la PTJ, cuyas siglas significan "Policía Técnica Judicial".

La PTJ es el buró de investigación criminal en Venezuela, trabaja articuladamente con el Ministerio Público y los Tribunales de Justicia para esclarecer, de manera científica, los diferentes delitos que ocurren en el país; su competencia es amplia: estafas, robos, hurto, drogas, violaciones, lesiones, secuestros, homicidios; en fin, aquello en lo que la ley le confiere potestad para investigar.

Sentado en una silla giratoria, un hombre que pasaba los 40 años leía con atención un documento, tachaba con su bolígrafo algunos errores de redacción y lo colocaba a un lado; al no encontrar fallas en otros escritos, les estampaba su rúbrica.

Esta oficina era la Jefatura del Departamento de Investigaciones de Homicidios de la Policía Judicial de Venezuela, el hombre detrás del escritorio era el comisario Carlos Rodríguez, veterano investigador del crimen con más de 25 años de experiencia.

Desde la antesala una voz femenina solicita permiso para entrar:

—Adelante.

—Aquí le traigo su café, comisario.

Entró al despacho una mujer madura y delgada, con el cabello negro recogido, usaba unas gafas correctivas, las cuales en ese momento tenía en la punta de la nariz; miraba sobre sus gafas, pues evidentemente, no eran para ver a distancia. En la mano izquierda, la mujer llevaba una taza humeante de café negro, cuyo aroma despierta los sentidos; en la derecha, un periódico.

El comisario agradeció la atención a su secretaria, le entregó los documentos firmados y los otros para corregir; preguntó por uno de sus hombres, el inspector Narciso Pacheco, ella le contestó que desde la madrugada estaba efectuando un allanamiento y aún no había regresado. De la misma manera respetuosa, la mujer pidió autorización para retirarse y el jefe asintió con la cabeza.

Pensativo, no dejaba de observar el diario que su asistente le acababa de entregar, pues al hojearlo rápidamente, leyó un artículo donde un reportero de sucesos señalaba como un "cangrejo" el caso del homicidio en Petare. En la jerga policial venezolana, "cangrejo" es un caso muy difícil de resolver.

No consiguió nada interesante, reflexionó sobre lo que

acababa de hacer, comenzar la revisión de la prensa desde la contra portada, en las páginas de sucesos.

—Al final, todos los policías hacen lo mismo, inician la lectura de las noticias por los crímenes. —Pensó en voz alta.

Cuando era muchacho, allá en su Guaira natal, donde la costa es bañada por el azul del Mar Caribe, siempre se peleaba con su hermano por la sección de deportes.

Al ingresar a la universidad y comenzar los estudios en Biología, le parecía más interesante el cuerpo del periódico que trataba sobre ciencias y naturaleza, recordó aquella época del cometa Halley y toda la cobertura que le dieron los medios de comunicación.

"Por la maleta se saca al pasajero", decían algunos vecinos de mayor edad, para referirse a la personalidad de alguien; él prefería un refrán acomodado a su manera: "Dime lo que lees y te diré quién eres".

Leer, esa era su mayor pasión, tanto clásicos de la literatura, biografías, curiosidades de la ciencia, hasta la biblia, de donde obtenía sus argumentos para expresar su agnosticismo, que comenzó a manifestarse con fuerza desde la adolescencia; además, leía todos los días el periódico para estar informado.

Otra rutina era la de ejercitarse por las mañanas cuando el tiempo se lo permitía, subía al cerro El Ávila, el pulmón vegetal de Caracas, donde una brisa agradable daba una sensación de frescura. Mientras caminaba o trotaba por la vía de Sabas Nieves, escuchaba el sonido de la naturaleza, definitivamente, nada le daba más placer; explayaba la mirada y se deleitaba con el paisaje que desde arriba se aprecia, semejante a una gran alfombra verde con matices amarillos que daban los araguaneyes en flor; este cuadro terminaba abruptamente en la denominada Cota Mil, para ser sustituida por la selva de cemento que es la ciudad y sus edificios.

Un nuevo toque en la puerta lo sacó de sus recuerdos, en esta oportunidad se trataba del inspector Narciso Pacheco, quien entró sin esperar autorización; era un sujeto alto, corpulento, piel morena, de unos 35 años de edad, oriundo de Cúpira, estado Miranda; este hombre sentía gran admiración por la capacidad de deducción del comisario, pues trabajando a su lado fue afinando todos sus conocimientos en investigación criminal, y se convirtió en uno de los funcionarios más apreciados por Rodríguez.

—¡Lo tenemos, comisario, lo tenemos! —Exclamó el policía emocionado.

—Dame los detalles, Pacheco. —Respondió el jefe.

—Luego de todas las hipótesis relacionadas con la muerte del médico cirujano en Petare, se descartó el robo, pues no lo despojaron de sus pertenencias, solo se llevaron el vehículo, el cual apareció al día siguiente quemado en la carretera de Mariches, como usted ya sabe.

—Sí, Pacheco. Por favor, siéntate y háblame del detenido, que ya la historia la conozco bien. Dame detalles de la aprehensión.

El inspector, emocionado, dejó caer su pesada humanidad en la silla, frente al viejo escritorio de Rodríguez y luego de tomar aire, con una mirada cansada y sudor en la frente, comenzó a relatar el procedimiento.

Narciso Pacheco hablaba rápido, por lo que su interlocutor le pidió que se calmara y le ofreció un vaso con agua; la emoción del inspector se dosificó y fue cuando narró todos los detalles de lo sucedido en aquella delicada operación policial.

Capítulo III

Un joven cirujano fue hallado muerto en el puente de Petare, una población del estado Miranda que limita con el Distrito capital, de hecho, forma parte de lo que llaman el Área Metropolitana de Caracas. El vehículo de la víctima, un todo terreno de marca japonesa, desapareció y al día siguiente fue localizado totalmente quemado a un lado de la carretera que conduce a la población de Filas de Mariche.

Los medios de comunicación de inmediato lanzaron la noticia extra oficial: un padre de familia, profesional de la medicina, había sido asesinado por bandas criminales que operan en las populosas barriadas de Petare. Además, se encargaron de señalar al Estado y sus cuerpos de seguridad como negligentes en la lucha contra el fenómeno delictivo.

El Departamento de Homicidios de la Policía Judicial inició las investigaciones, trasladándose esa misma noche al sitio del suceso en conjunto con el personal del Departamento de Criminalística. Un equipo multidisciplinario de peritos abordó la escena del crimen. Hacía frio, pues era finales del mes de noviembre, y la luna en menguante no ofrecía mucha claridad.

El cuerpo sin vida se encontraba justo a un extremo del puente "5 de Julio", conocido como "Puente de Petare". Había poco tráfico por lo avanzado de la hora y una gran cantidad de curiosos se mantenían a distancia debido a que el paso al lugar había sido restringido; los periodistas que llegaron protestaban porque no les dejaban "hacer su trabajo y estaban violando la libertad de expresión", pues tampoco podrían ingresar hasta que el trabajo de Criminalística terminara.

Los detectives tomaban fotos, medían la distancia del cuerpo con referencia a un árbol y a una acera; unos anotaban el número pintado en el poste de alumbrado eléctrico, otros tomaban muestras de tierra, así como de la sangre que formaba un pequeño charco al lado del cuerpo inerte.

El cadáver estaba boca arriba y un detective anotaba en su agenda "Posición de decúbito dorsal". La contextura del médico era atlética, ya que practicaba deportes y asistía a un gimnasio; el joven policía escribió "Contextura regular, estatura 1,80"; se observaron tres heridas de balas y el pesquisa apuntó: "Heridas producidas por el paso de proyectiles disparados por arma de fuego, ubicadas en la zona intercostal izquierda, pectoral y en el antebrazo izquierdo". Así fue llenando la hoja de datos técnicos necesarios para levantar el informe al regresar a su comando. El cuerpo comenzaba a ponerse rígido.

Antonio José Cifuentes Riskel, de 32 años de edad, egresado de la Escuela de Medicina José María Vargas, de la Universidad Central de Venezuela; actualmente se estaba especializando en traumatología en el Hospital Universitario de Caracas y cumplía labores en una clínica del este de la ciudad; estaba casado y tenía un hijo de tres años de edad.

La noche del asesinato, el galeno entregó el servicio a las ocho, el homicidio ocurrió dos horas después. El cadáver presentaba tres disparos y fue localizado a un lado de la avenida, en un extremo del puente de Petare; no había testigos, no se localizaron huellas dactilares en el vehículo, no encontraron antecedentes de amenazas y no había ni cámaras de video.

Una camioneta de la División de Medicina Legal de la PTJ llegó al sitio, el conductor y un médico forense descendieron de la unidad, luego de llenar unas planillas, procedieron a colocar el cuerpo en una camilla, la cual subieron a uno de los compartimientos del vehículo; antes de marcharse, el jefe de los detectives, Narciso Pacheco, le dijo al forense de manera jocosa:

—Cuídate, doctor, porque están matando a los médicos.

El médico levantó su chaqueta lo suficiente para dejar ver un revólver calibre .38 y de manera sarcástica le dijo:

—Pacheco, estoy preparado para la batalla, cuando descubras al asesino, me avisas y con gusto te ayudo a atraparlo.

Luego, el médico forense se despide del inspector, sube a la unidad, mientras el conductor lo esperaba pacientemente con el motor encendido. Los funcionarios estaban en pleno cumplimiento de sus actividades rutinarias. A diferencia de Antonio José Cifuentes Riskel, quien a oscuras y en posición horizontal; no en su rústico 4x4, sino en la furgoneta mortuoria emprendía un viaje sin retorno. Se alejaron; su destino, la Morgue Central de Caracas, ubicada en la urbanización Bello Monte, donde se practicaría la autopsia de ley. Allí otro grupo de expertos determinaría la trayectoria intraorgánica de los proyectiles, colectando aquellas balas que quedaron en el organismo de la víctima.

Al día siguiente, el comisario Carlos Rodríguez solicitó las actuaciones del levantamiento del cadáver, le llamó la atención el disparo que presentó en el antebrazo izquierdo, el orificio de entrada y salida; luego, con el resultado de la trayectoria balística, se confirmaron sus sospechas, fueron dos disparos que originaron tres heridas: uno atravesó el antebrazo y penetró el pectoral, mientras que el otro, fue directo al intercostal.

Al equipo de trabajo número dos, al mando del inspector Narciso Pacheco, que conoció en primera instancia acerca del caso, le ordenó que no se retiraran hasta tener alguna pista. Fueron trasladados a las oficinas del escuadrón contra homicidios varias personas, entre ellos: obreros, trabajadores informales, estudiantes universitarios y otras personas sin oficio conocido; algunas registraban antecedentes criminales. Todos fueron interrogados, pero no arrojaron pistas relacionadas con el asesinato.

Las primeras horas en la investigación de un homicidio son claves para esclarecer los hechos, eso lo sabía Rodríguez; debían ser meticulosos en el sitio y fijarse hasta el último detalle. "Las evidencias hablan, son los testigos mudos en todo delito, no hay crimen perfecto, solo malos investigadores". Pensaba el astuto policía.

Para quitarle la vida a una persona siempre hay un motivo, así que los detectives deben construir hipótesis y poco a poco ir comprobando si se dan las premisas. La primera hipótesis que se descartó fue el robo, no le quitaron sus pertenencias al médico. "¿Se habrán equivocado de víctima, sería una venganza?". Todo giraba en la mente del jefe de Homicidios, por lo tanto, instruyó a sus hombres revisar la vida íntima del occiso, sus amores, su esposa, sus cuentas bancarias, sus amigos de tragos, colegas médicos y hasta pacientes que haya tratado.

—Nunca se sabe, la mayoría de las personas agradecen a su médico por sanarlo, pero se han preguntado ¿qué piensan los familiares de aquellos que no tuvieron la misma suerte?, aquellos que fueron asistidos y no se salvaron; un pariente inconforme puede tomar acciones. —Comentaba el curtido pesquisa.

Recordaba a un doctor amigo suyo, paisano de La Guaira, quien era ateo y al que le gustaba mucho la cerveza en una partida de dominó. Cuando las señoras de la urbanización organizaban un altar para rezar y pedir por la salud de los enfermos, éste de manera sarcástica decía: "Si el paciente se salva, es gracias a Dios y a todos los santos, pero si muere, es culpa del médico".

—El disparo en el antebrazo demuestra que la víctima asumió una posición de defensa, es decir que, ¿el asesino dialogó con el médico? o ¿éste lo conocía y no se esperaba que le fueran a disparar? Lo cierto es que no llegó disparando, esperaron pacientemente hasta asegurarse el momento certero para no fallar. —Explicaba el jefe.

Cuando se conoció la noticia, un grupo de médicos de diferentes centros de salud organizaron una protesta que denominaron "La marcha de las batas blancas", en rechazo al vil asesinato del joven colega. De inmediato, el director de la Policía Técnica Judicial llamó al comisario Carlos Rodríguez, y le pidió celeridad en las investigaciones.

En Venezuela ser profesional de la medicina es un a-postolado, cuando un paciente se siente identificado con su médico no lo abandona, le consulta cualquier enfermedad y lo llama a cualquier hora; además, lo recomienda a sus amigos. Hay casos famosos de delincuentes que han llegado con pistola en mano a un hospital, con su mujer a punto de dar a luz, y exigiendo al personal de guardia que la atiendan, advirtiéndoles bajo amenaza que, si sucede algo malo, pagarán las consecuencias con sus vidas.

A muchos centros asistenciales del país ingresan heridos por disputas entre bandas delictivas, el médico debe atenderlos para tratar de salvarlos, pero corre el riesgo de que lleguen los agresores a terminar el trabajo y rematen al herido en la propia cama de emergencia, ante los ojos de todos los presentes. Algunas veces han resultado heridos los galenos o inclusive muertos, este es el riesgo que se asume en el cumplimiento del juramento hipocrático.

La brigada del inspector Pacheco se constituyó en el Hospital Universitario; hablaron muy discretamente con el personal, con amigos y compañeros de trabajo del infortunado médico. El administrador del hospital les comentó que dos semanas antes, el doctor Cifuentes tuvo una discusión con dos obreros de mantenimiento, por la desaparición de una gran cantidad de material de limpieza, además de algunos insumos como inyectadoras, vendas, alcohol o agua oxigenada.

Con esos antecedentes a favor de continuar las pesquisas, solicitaron inmediatamente los nombres de los sujetos y sus direcciones. En ese momento los sospechosos se encontraban suspendidos del cargo y no estaban en el hospital, así que fueron localizados y trasladados a las oficinas de homicidios para su respectivo interrogatorio; pero luego de dos horas, solo admitieron el hurto de los insumos. Pacheco solicitó apoyo al personal de la Comisaría de Santa Mónica, quienes allanaron las residencias recuperando todo lo que se habían llevado del Hospital Universitario.

Fueron detenidos, pero no por el asesinato, pues no guardaban relación, así que se les instruyó otro expediente por el hurto de los insumos médicos. Todo el procedimiento le fue entregado a la comisaría, donde se encargarían de presentar a los dos carroñeros de la salud ante el Ministerio Público y los tribunales. Tiempo después varios médicos de clínicas privadas de diferentes zonas de Caracas, fueron detenidos por comprar mercancía procedente de hurtos cometidos en hospitales.

Es triste que en un país como Venezuela, donde la salud es gratuita, personas sin escrúpulos saqueen los hospitales y ambulatorios, es un crimen tan horrendo como el homicidio, pues por la falta de medicamentos y de insumos necesarios para su debida atención puede morir una persona.

A pesar de que la línea de investigación no dio los frutos esperados, Pacheco se sentía satisfecho por la labor cumplida, por haber esclarecido un delito tan infame como lo es el hurto de medicinas. Le contó lo sucedido al comisario, quien lo felicitó y lo invitó a la tasca de Parque Carabobo, conocida por los policías como "La tercera base". Ya comenzaba a oscurecer, simultáneamente al entrar al recinto y tomar asiento cómodamente, un mesonero conocido y de confianza, sin esperar la orden, les trajo dos cervezas, a lo que ambos agradecieron lo diligente del servicio.

—Pacheco, en los detalles está la solución de este homicidio, hay algo que no hemos visualizado, por eso hay que afinar los sentidos. Revisa nuevamente todas las evidencias, mañana la prensa estará a la espera de alguna información, y no tenemos nada.

—Entendido, comisario, mañana vuelvo a Petare con el equipo, pero estoy casi seguro de algo; no fue el hampa común, el asesinato fue muy limpio, no dejaron rastros aparentes. —Contestó el inspector.

Cada uno tomó cinco cervezas. Ambos tenían la esperanza de obtener al día siguiente, las respuestas a tantas incógnitas formuladas sobre la muerte del médico cirujano. Pagaron la cuenta y se despidieron.

Capítulo IV

En la mañana, luego de leer el periódico, el comisario en su oficina observaba la televisión; trasmitían el noticiero matutino, donde reseñaban el asesinato del joven médico y mostraban la marcha de protesta del gremio de la medicina; también entrevistaron a varios vecinos, quienes clamaban por mayor seguridad en la zona, mientras otros reclamaban que pagaban sus impuestos y el Estado no mejoraba los servicios.

—¡La policía solo cuida a los ricos¡, —gritaba un transeúnte tratando de tener protagonismo ante las cámaras.

De repente, sus ojos brillaron al escuchar a una dama dar su opinión. Ella manifestaba que todas las noches la policía patrulla y coloca puntos de control hasta la madrugada, pero en esta ocasión se retiraron temprano. Era una señora que pasaba los sesenta y cinco años, descendiente de españoles y que había quedado viuda; sus hijos se marcharon del país, por lo tanto, pasaba el tiempo observando la vida de los vecinos.

—Cuando van a pasar, las cosas pasan, Dios lo tenía previsto para ese muchacho. Fíjese, mijo, los policías siempre están parando carros y revisando personas, pero ese día los recogieron temprano. —Manifestaba la entrevistada con aires cabalísticos.

El comisario llamó por teléfono al inspector Pacheco y le dijo que ubicara a la vecina que había hechos las declaraciones por televisión. La orden se cumplió y en horas de la tarde la señora ya estaba en la oficina del grupo número dos.

Una mujer entrada en años, caucásica, cuyos padres eran inmigrantes españoles que se establecieron en Venezuela después de la Segunda Guerra Mundial; fue entrevistada, y la testigo declaró con precisión las costumbres y cultura de los habitantes del sector. Sabía muchos nombres de comerciantes, médicos, ingenieros, delincuentes; quién se había divorciado, quién le era infiel a su pareja, fuera hombre o mujer; la señora hablaba sin parar. Confirmó que ese sector tiene un punto de control constante que dura hasta la madrugada y que esa noche los policías se retiraron temprano.

Luego de la declaración de la mujer, se trasladó una comisión con la finalidad de conseguir a los gendarmes que estuvieron de guardia en el lugar donde ocurrió el homicidio.

Cuatro oficiales de la Policía Municipal de Sucre, con edades comprendidas entre veinticinco y treintaicinco años, conformaban la patrulla de esa noche, todos coincidieron en que la central de policía les había ordenado mover el punto de control hasta la avenida principal.

Era menester averiguar quién dio la orden y el motivo. Pacheco rápidamente se dirigió a la central de patrullas y obtuvo toda la información requerida, pues citó al oficial supervisor para una entrevista.

Héctor Cunare, se llamaba el oficial de treinta y ocho años de edad, quien ya contaba con quince años de experiencia en el cuerpo policial; era alto, atlético, moreno, cabello corto, es-tilo militar; formado en orden público y en la brigada motorizada; apreciado por sus superiores y severo con sus subalternos, pues no aceptaba el relajo en la disciplina.

En la reunión sostenida con el supervisor, éste se presentó impecablemente vestido con el uniforme de su institución; no aportó mayores detalles, no sabía nada en relación al homicidio, se mostraba parco en sus respuestas, señalaba que esa noche todo fue una rutina, no hubo un evento significativo al cual hacer referencia; ordenó mover el punto de control a otro sector porque había mayor afluencia vehicular, era algo normal.

"Nada pasa por casualidad". Era lo que pensaba Rodríguez, así que le dijo al inspector Pacheco que buscara alguna relación entre la víctima y los policías; sin embargo, el resultado fue negativo, no había vínculos.

"Nada pasa por casualidad", se repetía el sagaz sabueso. Ordenó investigar a los familiares del occiso. No hubo que esperar mucho, la esposa del médico aun visiblemente afectada por la tragedia, al momento de rendir declaración confesó a los detectives sobre una situación incómoda vivida dos meses atrás, cuando encontró en su camisa, unas manchas inconfundibles de pintura de labios, lo que representaba una clara evidencia comprobatoria de sus andanzas extramatrimoniales, consumando su deslealtad a la fidelidad prometida; a pesar de la excusa apelada por su marido, ella sabía además por sus instintos femeninos que él ocultaba algo.

La joven viuda era una bella mujer de piel blanca, alta, con ojos marrones, mantenía su cuerpo estilizado pese a su maternidad. Después de graduarse obteniendo el título de licenciada en administración en la universidad donde conoció a su pareja, se dedicó a trabajar como corredora de bienes raíces. Hasta que un día, cuando la vida le sonreía nuevamente, una inmensa alegría le invadió la existencia al enterarse de un evento no planificado, ni esperado, generándole una verdadera sorpresa el hecho de estar encinta. Su esposo le aconsejó retirarse del trabajo, pues él con los sueldos que percibía en el hospital y en la clínica, eran suficiente para darle sustento a su naciente familia.

—¡El doctor tenía una amante! Su esposa lo sospechaba, las mujeres saben mucho de eso, hasta el mínimo cambio de conducta delata al hombre. —Le decía Rodríguez a Pacheco.

Pero, ¿quién era esa persona? Nuevamente una línea de investigación se iniciaba, se reunió con los funcionarios de la brigada de homicidios y les indicó que ubicaran a como dé lugar a esa "amante", pues hoy en día es sabido que, acerca de los hábitos de un hombre, sus gustos, los lugares que frecuenta, amigos y enemigos, saben más las amantes que las esposas. Todos se miraban a la cara y se reían por lo que su jefe acababa de comentar, pero no le quitaban la razón, solo Leticia, una joven detective y la única mujer del grupo, se puso seria y comentó en voz baja a dos de sus compañeros que estaban cerca:

—Ustedes los hombres, no importa la profesión, son unos sinvergüenzas. Si descubro a mi novio con otra, aplico el método de Lorena Bobbitt. — Esto originó unos susurros de asombro y luego un sustanciador que escuchó, exclamó:

—¡Zape gato!, pobre de ese cristiano.

Luego de la reunión, todos salieron a cumplir sus tareas, pero Pacheco se quedó con el comisario en la oficina. Hablaron sobre lo que habían encontrado hasta ese momento, solo faltaba el análisis del teléfono del muerto. El inspector había hurgado en la vida del doctor durante las últimas setenta y dos horas y en ninguna de las entrevistas había obtenido información sobre una relación extra marital, al contrario, el perfil era de un hombre amable, familiar y dedicado a su profesión; por lo que le comentó a su jefe que podría ser una deuda grande con algún mafioso. Lo cierto es que ninguna línea de investigación se abandona hasta no descartarla por completo.

Efectivamente, la respuesta se encontró en el móvil celular del cirujano. Los peritos, al realizar la experticia del teléfono, examinaron todos los contactos, las llamadas recibidas y efectuadas; el analista aisló un número en particular, pues era muy repetitivo en horas fuera del trabajo, estaba registrado como "Doctor Alvarado", fue la primera y última persona que llamó el día del homicidio, por lo tanto, debería tener información de las actividades que pensaba realizar el médico antes de su asesinato.

La brigada de Homicidios, luego del informe del analista, pesquisó en el Hospital Universitario de Caracas y no localizó al doctor Alvarado; luego la brigada se trasladó a la clínica donde también prestaba sus servicios el médico, allí se entrevistó a la administradora, quien arrojó el mismo resultado negativo, pues no existía un doctor Alvarado allí.

Pacheco llamó a su analista de telefonía, el subinspector Pedro Pérez, a quién cariñosamente le apodaba "Fulanito", por lo común de su nombre.

—Fulanito, busca en el sistema de la operadora telefónica la dirección de ese tal Doctor Alvarado, que no aparece ni en la clínica ni en el hospital.

—Entendido, inspector, enseguida reviso la base de datos.

Pasaron poco menos de 10 minutos cuando el analista llamó al inspector Narciso Pacheco, con una voz entusiasta, le informó lo que acababa de descubrir.

—Inspector, no está a nombre de ningún Doctor Alvarado, está registrado por una mujer, Gladys Alvarado, quién vive en Guarenas y trabaja como enfermera en el Hospital Universitario.

—Apareció la amante que el comisario dijo, ese viejo se las sabe todas. —Pensó en voz alta Pacheco al recibir la información.

Gladys era una hermosa mujer de un metro setenta y cinco de estatura, delgada, pechos voluptuosos y piel acanelada, que acudía religiosamente a un gimnasio; además, tenía un hijo de 5 años.

Al ser citada, se mostraba muy nerviosa, su cara se veía demacrada por tanto llorar; a pesar del maquillaje, se podían apreciar sus ojeras, señal de haber dormido poco durante los últimos días. Le manifestó a los detectives que apreciaba mucho al doctor, al igual que a todos sus compañeros de trabajo y le había afectado su muerte, como le habría afectado si le hubiese pasado a cualquiera de sus amigos.

Fue interrogada y negó algún encuentro sentimental con el médico. Manifestaba que solo era una relación profesional, que respetaba a los hombres casados, se sentía indignada por ese falso señalamiento de los detectives. Sin embargo, luego de confrontarla con la relación de llamadas telefónicas, y de aplicar un interrogatorio policial intenso y coordinado, no pudo negar las múltiples y prolongadas conversaciones; así que, entre nerviosismo y vergüenza, rompió a llorar y confesó que sí mantenía una relación clandestina con el médico asesinado; pero pedía que, por favor, no saliera ese romance a la luz pública, ya que ella estaba comprometida con otro hombre.

—Comisario, efectivamente, eran amantes, solo que registraron sus números telefónicos con otros nombres para evadir cualquier sospecha de sus parejas oficiales; ella aparecía como "Doctor Alvarado" en los contactos del occiso, y éste aparecía como "Antonia" en el directorio de la enfermera.

—Viste, Pacheco, el viejo truco de colocar a la amante como un hombre, esa vaina de colocar a la novia como "Pedro el mecánico", "Juan el plomero" o "Carlos el carpintero" es más viejo que la maña de pedir fiado.

Lo demás fue sencillo. Con su forma flemática de actuar, el comisario Carlos Rodríguez solicitó todos los datos de la bella amante del infortunado profesional de la medicina. Pensó que pudo ser una venganza de la viuda, pero no descartó a la propia enfermera; fue cuando el hábil inspector Narciso Pacheco, con una sonrisa de triunfo, le entregó en un informe el nombre del compañero sentimental de Gladys Alvarado.

—¡Pacheco, este es el hombre, este es el asesino!, te lo dije, "nada pasa por casualidad"; pero debemos relacionarlo con el hecho y conseguir el arma utilizada en el homicidio, porque si no, estará en la calle en poco tiempo. —Sentenció Rodríguez.

—Entendido, comisario, ya le averiguo la vida a ese hombre. Al final de esta tarde tendremos la certeza y los elementos para solicitar al fiscal del Ministerio Público que tramite ante el juez la orden de captura.

Los resultados de las pesquisas fueron contundentes, el equipo de Homicidios de la PTJ funcionaba coordinadamente, la viuda no tuvo nada que ver en el hecho. El marido de la hermosa enfermera resultó ser el oficial supervisor, Héctor Cunare, que la noche del crimen había ordenado mover a los patrulleros. No solo la PTJ había solicitado la relación de llamadas de la enfermera, había otra solicitud hecha meses antes, lo que confirmó el empleado de la operadora telefónica; el oficial supervisor, de manera fraudulenta, había pedido la relación de llamadas entrantes y salientes del teléfono de su pareja.

Pero faltaba un elemento clave en el caso, el arma incriminada. Cuando Pacheco, agitado y ansioso, le dijo a Rodríguez para allanar la casa del sospechoso, el comisario lo calmó.

—Pacheco, ¿qué arma utiliza la policía municipal?

—Utilizan pistolas calibre nueve milímetros.

—¿Y con qué arma asesinan al médico cirujano?

—Con una calibre .38, comisario. —Respondió Pacheco, medio apenado por su impaciencia.

Muchos policías tienen una segunda arma de respaldo, habría que buscar muy bien. El mismo comisario Carlos Rodríguez utilizaba una pistola calibre nueve milímetros, la cual llevaba a la altura de la cintura, en una funda, pero en ocasiones usaba una tobillera en la pierna izquierda, donde portaba un revólver calibre .38.

El comisario no dejaba de pensar. Como un jugador de ajedrez, meditaba el siguiente movimiento; necesitaba el arma incriminada, pero una vez que el oficial se viera descubierto, la desaparecería. Si allanan la casa, revisan bien y no está el arma, correrían el riesgo de no localizarla jamás.

Se realizó una mini conferencia en la oficina de Carlos Rodríguez, donde le explicaba al grupo de investigaciones número dos, conformado por diez efectivos, las posibles consecuencias de no tener una evidencia contundente; les manifestaba que, si bien, aparentemente, era un crimen por motivos pasionales, todo era circunstancial, y podía quedar en libertad; así que necesitaban el arma utilizada, ubicar al sospechoso en el sitio del suceso y posibles cómplices o encubridores.

—Este oficial es astuto, no creo que tenga el arma en su casa si sabe que es el primer lugar donde la buscaría. —Le decía Rodríguez a Pacheco.

—Igualmente tenemos que allanarlo, comisario, voy a armar un equipo y pedir apoyo a la Brigada de Acciones Especiales, necesito que me facilite unas ametralladoras UZI del parque de armas, recuerde que el sujeto está armado y conoce muy bien de operaciones policiales.

Al escuchar al inspector, el jefe de Homicidios se paró violentamente de la silla, golpeó con la palma de la mano el escritorio y miró fijamente la bóveda donde se guardan las armas largas. Pacheco pensó que se había molestado por la insistencia del allanamiento, pero en realidad esa reacción obedecía a que tenía una corazonada.

—Pacheco, ¿hicimos alguna inspección en el comando de la Policía Municipal?

—No.

—Ese es el detalle que nos faltaba, me imagino que deben de tener un parque de armas, como nosotros; además de un cuarto de evidencias donde resguardan los objetos recuperados.

Realizaron una llamada de parte del jefe policial al director de la Policía Municipal, pasaron breves minutos y luego se dio la orden.

—Narciso, la policía uniformada solo tiene cinco armas recuperadas en custodia, dos escopetas calibre 12, una pistola calibre 9 milímetros, otra calibre 22 y un revólver calibre .38. Ya pedimos el permiso correspondiente, lleva el escrito de rigor y haz la comparación con el proyectil extraído del cuerpo del médico.

Se realizó la inspección al parque de armas, era un pequeño recinto, con una puerta blindada que mantenía en custodia armas orgánicas, chalecos, bombas lacrimógenas y las armas incautadas. Se colectó el revólver y se trasladó al Departamento de Balística de los laboratorios de Criminalística de la PTJ, donde se harían disparos de pruebas que luego se compararían con los proyectiles extraídos del cadáver.

Las conclusiones no dejaron dudas, el revólver que se encontraba en la sala de resguardo de la Policía Municipal, que había sido incautado a un ciudadano seis meses antes por estar ebrio y tener el permiso vencido, era la misma arma que hace menos de una semana fue utilizada para dar muerte al cirujano.

El oficial supervisor tiene acceso a todas las dependencias de la estación policial y por supuesto, a la sala de objetos en custodia; el efectivo a cargo declaró que su superior había solicitado revisar las armas recuperadas, sacó un revólver durante un espacio de una hora aproximadamente, y luego lo regresó.

—Ahí tienes tu primer testigo, Pacheco, el encargado del parque de armas. —Señaló contundentemente Carlos Rodríguez.

Capítulo V

El inspector Narciso Pacheco contó al comisario Rodríguez que, siendo las cuatro de la mañana, un equipo de detectives, acompañados por la Brigada de Acciones Especiales, se trasladó a la urbanización Menca de Leoni, en Guarenas, estado Miranda, lugar donde vivía Cunare en una modesta vivienda. Al llegar, la comisión rodeó el inmueble del oficial supervisor y lograron la detención del sospechoso, quien al principio opuso resistencia, haciendo énfasis en su grado como oficial de policía. En la casa se encontraba la enfermera Gladys Alvarado y su pequeño hijo, quienes no dejaban de llorar por la operación policial que se desarrollaba.

Cuando le fueron leídos sus derechos, y se le impuso el motivo de la detención, quedó sorprendido, negándolo de inmediato; pero al notificarle que se había localizado el revólver con el cual le dio muerte al médico, y que el parquero lo señaló como la persona que lo retiró por un espacio de una hora, el oficial quedó en silencio, como si de pronto perdiera la voz; se mostró ausente del mundo que lo rodeaba, las facciones de su rostro se endurecieron, giró la cabeza para ver a su mujer, su mirada era de odio y desprecio.

Hasta este momento la enfermera no entendía qué estaba pasando, pero rápidamente comprendió que su pareja sabía de su infidelidad desde hacía tiempo y nunca se lo dijo; también comprendió que él era el asesino de Antonio Cifuentes. El llanto que se originó por temor, se transformó en llanto de culpabilidad, vergüenza y terror.

En la casa se colectaron una serie de elementos de interés criminalístico, como el uniforme que uso la noche de los hechos, las botas, el arma de reglamento, el teléfono móvil, donde tenía registrado el número del médico, además de una foto tomada a la camioneta del occiso justo en el momento en que salía de un conocido motel de la carretera panamericana.

El hombre fue esposado, y antes de salir de la casa se acercó a su hijo y le dio un beso en la frente, dos lágrimas recorrieron sus mejillas; luego fue conducido por los policías fuera de la residencia. Gladys, que no paraba de llorar, abrazaba al niño, y desde la sala, miraba cómo el detenido se alejaba con la comisión detectivesca.

Más tarde, la ropa que usó la noche del crimen fue sometida a experticia química. El resultado fue positivo, se localizó ion nitrito y nitrato, lo que indica la presencia de polvora; de igual manera, en el análisis de la prenda de vestir se localizó restos hemáticos que coincidieron con el tipo de sangre del occiso.

Luego de otra serie de evidencias contundentes, el oficial de policía confesó el delito. Amaba a su mujer locamente, pero sospechaba que lo engañaba, por lo tanto, la seguía; aunque ella no dejaba ningún indicio. Claro, el romance se desarrollaba en el hospital, y las noches que el médico y la enfermera coincidían en el servicio, eran noches de lujuria y placer.

El marido celoso solicitó el apoyo de un amigo que trabajaba en la operadora de telefonía celular, allí pidió los números telefónicos con los cuales se comunicaba su esposa, de donde salió uno en particular, con quién hablaba durante muchos minutos. Se trataba de Antonio Cifuentes, un médico cirujano. Ésta consulta quedó registrada en el banco de datos de la operadora telefónica.

Comenzó a vigilar al médico hasta que pudo ver a su mujer abordar el vehículo y dirigirse hasta la carretera Panamericana, vía los Teques, capital del estado Miranda; famosa por la cantidad de moteles y posadas donde las parejas van a calmar su sed de amor.

Pensó hablar con su mujer y separarse; también pensó en asesinarla, luego a su hijo y finalmente suicidarse; pero no tuvo el valor, pues el amor a su familia pudo más. Vivía atormentado, no comentaba nada, se moría de celos; pero aguantó en silencio hasta dar con la evidencia.

Fue entonces cuando planificó matar al galeno seductor. Estudió toda su rutina, horas de salida de su hogar y del trabajo, las rutas que tomaba; tenía fotos del vehículo que tripulaba, hasta de la casa donde vivía. Sacó el revólver del parque de armas recuperadas, ordenó trasladar la patrulla a otro sector; luego, en compañía de un oficial subalterno, en una camioneta policial que utilizaba para supervisar, interceptaron al médico, quien se detuvo sin sospechar lo que le esperaba. Al bajar de su vehículo, el policía lo apuntó con el revólver, instintivamente levantó los brazos, trató de protegerse. Es por eso que uno de los disparos le dio en el antebrazo izquierdo.

El cómplice del homicidio resultó ser un policía muy

amigo de Héctor Cunare, quien lo ayudó a trasladar el vehículo hasta la carretera de Mariche, donde le prendió fuego. Fue detenido en horas de la mañana en el mismo comando municipal, de inmediato confesó su participación afirmando solo haber manejado la camioneta, y negado rotundamente haberle disparado. En su declaración señaló a su oficial supervisor como responsable de planificar todo, él había ordenado mover la alcabala policial y esperó el momento preciso de acercarse a la camioneta del sujeto, entre tantas cosas dichas, desconocía si el occiso era médico.

Capítulo VI

En horas de la mañana del día siguiente a la detención del autor material del homicidio del médico cirujano, Rodríguez y Pacheco salían de la oficina del director de la PTJ, luego de explicar con detalles todos los elementos de convicción, circunstancias de modo, lugar y tiempo; cómo se desarrolló el crimen y de preparar la sala de prensa con las evidencias colectadas.

El Director Nacional de la PTJ convocó a una rueda de prensa, los medios escritos, de radio y televisión seguían con detalles la narración del jerarca policial. Sobre la mesa un revólver niquelado, dos pistolas 9 milímetros, la foto del oficial supervisor y el subalterno, la gráfica de la camioneta totalmente quemada y un retrato en vida de la víctima.

Luego de la exposición, los periodistas comenzaron a hacer preguntas referentes al móvil del hecho, las circunstancias, los antecedentes de los criminales y si existía algún otro homicidio cometido por los policías; además, preguntaron si estaba planteado intervenir la Policía Municipal. El director contestó las preguntas de manera precisa y al final señaló que la intervención de los cuerpos de seguridad le correspondía al ciudadano Ministro de Justicia, luego expresó como colofón: "De esta manera queda esclarecida la muerte del médico cirujano".

Una vez terminadas las investigaciones de este sonado asesinato, el comisario Carlos Rodríguez y el inspector Narciso Pacheco se encontraron en la tasca, frente a la plaza Parque Carabobo, en Caracas; ambos tomaban cerveza, se habían quitado las corbatas y tenían los sacos en los espaldares de las sillas.

Pacheco, satisfecho por el esclarecimiento del homicidio, le dijo a su jefe que el policía se había desgraciado la vida por una mujer; no valía la pena matar a una persona por una infidelidad, con separarse bastaba.

—Es la pura verdad, Narciso, pero que difícil resulta para un hombre aceptar con madurez que una mujer le sea infiel, el machismo que llevamos en los genes los latinos nos hace reaccionar de manera violenta, nubla la mente del más cuerdo, afecta psicológicamente a cualquiera. En este caso, un policía con experiencia, disciplinado y respetuoso, no pudo soportar la traición de su pareja.

Para desgracia del médico, Héctor Cunare era un hombre de armas, y las utilizó. Si fuera un profesor, un abogado o un taxista, ¿qué hubiese pasado?, no lo sabemos. Lo que sí sabemos es que hoy tenemos a un padre de familia muerto, a otro preso, a un niño huérfano, a otro con un padre que no lo verá crecer y a dos mujeres jóvenes que tendrán que rehacer sus vidas.

Los dos PTJ se lamentaban por el destino que les esperaba a esas dos familias, quienes, de un estado ideal, pasaron al caos; serán niños que se levantarán sin la presencia del padre.

Pasaron un buen rato conversando, varias fueron las cervezas que tomaron, hasta que el celular de Carlos Rodríguez sonó, lo atendió y escuchó atento la información que le suministraba el Director Nacional, terminó la llamada, apuró su última botella y le dijo a Pacheco:

—Terminó el descanso, me acaba de llamar el Director Nacional, consiguieron a un cura muerto en un hotel de Sabana Grande, quiere que maneje el caso con mucha discreción y que no se entere la prensa hasta que tengamos algo.

—¡¿Coño, un cura?! ¡¿Y qué hacía en un hotel?! —Respondió Pacheco

—Para eso estamos, Narciso, para averiguar; pero recuerda, "Nada pasa por casualidad".

FIN.

EL PERDÓN DE LOS PECADOS

Carlos J. Gárate

EL PERDÓN DE LOS PECADOS

Capítulo I

A Petra le dolían las piernas por las varices que afloraban en su piel, los zapatos, algo desgastados, también le molestaban; sabía que al final de la tarde sus pies estarían hinchados. Soñaba con ganar la lotería y dejar ese trabajo, comprar una casa, ropa, auto, y dejar de limpiar. Era una mujer blanca que no llegaba a los cuarenta años, pero que, por las vicisitudes de la vida, parecía de 50. Con resignación subía las escaleras del hotel "Gran Casino", en la urbanización Sabana Grande de Caracas, donde laboraba como mucama; con un tobo en la mano izquierda y una escoba en la derecha, al llegar al tercer piso, hizo un alto, tomó un poco de aire y expulsó otro tanto; luego caminó lentamente por el pasillo principal, hasta que se detuvo en la habitación 3-13. Tocó la puerta tres veces y no obtuvo respuesta, soltó los instrumentos de limpieza y metió la mano derecha en el bolsillo de su uniforme, sacó una tarjeta magnética la cual introdujo en la cerradura, y abrió.

Al entrar todo parecía normal, la cama desordenada, colillas de cigarrillos en el piso, el aire acondicionado estaba encendido, al igual que la televisión; era una habitación con cama matrimonial, paredes de color gris y pisos alfombrados. Las persianas de las dos ventanas estaban cerradas, Petra las abrió para dejar entrar la claridad, pero al pasar al baño y encender la luz, un escalofrió recorrió todo su cuerpo y dejó escapar un grito de horror, al mismo tiempo que corría desesperadamente hacia la salida. Bajó las escaleras atropelladamente y entró a la recepción con la cara pálida y el corazón que se le quería salir del pecho; temblorosa, no dejaba de señalar con el índice hacia arriba, y casi sin aire, exclamó:

—¡UN MUERTO!

El gerente del hotel, al conocer del macabro hallazgo, inmediatamente dio parte a la policía; mientras que en su oficina Petra no paraba de llorar. Sus manos sudorosas temblaban mientras sostenían una taza de infusión de manzanilla para calmar los nervios. Los primeros en llegar atendiendo al llamado urgente, fueron los policías municipales, quienes, al ver la escena, llamaron por radio a la central de patrullas, informando que había un cadáver.

—Central, cromo 59, notificar a la PTJ y médico forense.

—Enterado, protejan el sitio hasta que llegue la judicial.

Al lugar llegaron los funcionarios de guardia de la Comisaría de Sarria, integrados por un sub inspector, un detective y un técnico en criminalística; usaban traje azul marino, camisa azul clara y una corbata oscura; llevaban un maletín negro con el emblema de la PTJ y una cámara fotográfica. Lo primero en sacar del maletín fueron tres pares de guantes de látex. El detective abrió su agenda y comenzó a escribir, detallando las dimensiones de la habitación: característica de las paredes, techo, piso e iluminación; mientras que el técnico tomaba fotografías, y con un testigo métrico en forma de flecha, señalaba las colillas, los vasos plásticos y las botellas de licor. Al pasar al baño, se encontraba tendido boca abajo, en el área de la ducha, el cuerpo de un hombre desnudo, con las manos atadas a la espalda con trenzas de calzado y en la boca un calcetín; tenía una herida en el costado derecho, quizá producida por un cuchillo, y el piso estaba cubierto por un escandaloso charco de sangre.

Había una huella de calzado, producida cuando una persona pisó la sangre y luego salió del baño, era un dibujo completo de la suela; el funcionario colocó el testigo métrico y tomó varias fotos, tratando de conseguir la mayor nitidez posible.

El joven detective no dejaba de escribir, utilizando el lenguaje técnico aprendido en la academia plasmaba sus impresiones: "Occiso caucásico, contextura obesa, 1,78 metros de estatura aproximadamente, de unos cincuenta años de edad, presentando herida por arma blanca en el intercostal derecho".

Cuando se estudia para ser detective, se le enseña al alumno a describir y anotar de manera rigurosa y metódica, todos los elementos encontrados en el sitio del suceso, cuidando hasta el mínimo detalle por más insignificante que parezca, allí puede estar la solución de un caso; el esclarecimiento de un homicidio. El investigador siempre debe llevar una agenda y un bolígrafo, pues son las principales herramientas a utilizar en la escena del crimen. Hay un refrán que dice "Más vale lápiz corto que memoria larga".

Luego de tomar todas las fotografías forenses correspondientes y de hablar con la aterrada testigo que encontró el cadáver, revisaron la vestimenta, también un maletín de cuero marrón que estaba en el closet de la habitación, de donde el sub inspector sacó una tira blanca de plástico.

—¿Y esto qué será? —Se preguntó el policía.

El gerente del hotel, que se mantenía a distancia de los pesquisas, se acercó e incrédulo le dijo al funcionario.

—Si no me equivoco, es un "alzacuello".

—¿Qué es un alzacuello? —Respondió el sub inspector.

—Es para mantener en su lugar el cuello romano, ¡pero solo lo usan los sacerdotes cuando no portan sotana! No entiendo qué hace eso aquí, a menos que el muerto sea…

El gerente no terminó la frase, todos voltearon al mismo tiempo a ver los documentos de identificación que ya tenía en su poder el sub inspector, quien levantó lentamente a la altura de sus ojos, una credencial emitida por la arquidiócesis de Caracas, a nombre del presbítero Tirson Chacón.

El policía miraba la foto del carnet y la comparaba con el rostro del cadáver, tratando de conseguir una diferencia, con la esperanza de que la persona inerte no fuera la misma que aparecía en la identificación. Ya con cara de asombro, solicitó el teléfono de la recepción para llamar a la comisaría.

—¡¿Qué?! ¡¿Un cura muerto en un hotel?! Tremendo lío que se va a formar, hay que llamar al director, a la División de Homicidios y a Criminalística. Que no se entere la prensa. —Impartía instrucciones el jefe de la Comisaría de Sarría al saber la identidad de la víctima.

Una hora después, la habitación 3-13 parecía un panal de abejas. Una gran cantidad de funcionarios de la PTJ, expertos en criminalística y homicidios, buscaban hasta el más mínimo detalle. Nuevamente todo fue fijado fotográficamente y embalado, hasta las sábanas tuvieron que ser retiradas, a pesar de la inconformidad del gerente.

—Y no nos llevamos el colchón porque se va a trabajar aquí mismo, hay que realizar un barrido en busca de apéndices pilosos, también buscamos sangre o cualquier otra sustancia de origen orgánico; para ello utilizaremos una luz ultra violeta. —Manifestaba el jefe de la comisión de Criminalística, quién usaba una bata blanca de laboratorio y lentes protectores, mientras buscaba dónde enchufar la lámpara ultra violeta.

El cadáver fue trasladado a la Morgue Central de Caracas, ubicada en el sector Bello Monte. El comisario Carlos Rodríguez, director de la División Contra Homicidios, y el inspector Narciso Pacheco, llegaron una hora después.

La División de Homicidios de la PTJ interviene cuando una investigación produce un impacto en el colectivo, bien sea por el perfil de la víctima, las circunstancias o hasta el lugar del hecho; también apoyan a las oficinas del interior del país cuando lo requieren. En esta oportunidad, la muerte de un miembro de la Iglesia católica produce un impacto en la sociedad y es necesario que los mejores hombres se pongan al frente de las pesquisas. Es por ello que el Director Nacional, sin dudar, llamó al jefe de Homicidios, Carlos Rodríguez, veterano de mil batallas, conocedor de la materia y reconocido por su capacidad para resolver los casos más difíciles.

Al ingresar al edificio sede de la División de Medicina Forense, el jefe de policía recibió una llamada del Director Nacional.

—Ordene, ciudadano director.

—Rodríguez, allí en la morgue se encuentra el Arzobispo de Caracas y el Nuncio Apostólico, reúnete con ellos en privado. Por favor, maneja esto bajo perfil.

—Entendido, director.

En una pequeña oficina de la Coordinación de Ciencias Forense se llevó a cabo una reunión, donde estaba el comisario Rodríguez con un traje oscuro a la medida, corbata azul marina sobre una camisa blanca y el distintivo de la PTJ de color amarillo, que delataba su alta jerarquía dentro de la institución policial; también estaba Pacheco, vestido con un traje gris plomo y corbata negra. Frente a ellos, dos hombres entrados en edad, aproximadamente de 60 a 65 años, ambos vestidos con trajes oscuros, camisa oscura y alzacuello; indiscutiblemente eran representantes de la Iglesia católica venezolana. El arzobispo habló primero.

—Comisario, gracias por atendernos, comprende usted la gran tristeza de nuestra iglesia por la pérdida de uno de sus hijos. Estamos consternados, necesitamos saber qué pasó. Conocía al padre Tirson desde hace muchos años, un hombre trabajador, al servicio de Dios y que no se cansaba de ayudar al prójimo. Hay que conseguir a esos asesinos.

—Señor, estamos esperando el protocolo de la autopsia practicada para determinar las causas de la muerte, se va a llamar a declarar a todas las personas dentro de su círculo social, laboral y familiar, y se van a procesar todas las evidencias colectadas. Por ahora solo me queda preguntar qué hacía el padre Tirson Chacón en ese hotel, ¿usted lo sabe?

—Comisario, muchas veces el trabajar con personas de diferentes estratos sociales, obligan al siervo de Dios a reunirse en sitios escogidos por otras personas. Cuando uno va a los barrios, allí hay delincuentes, drogadictos y prostitutas, pero el cura no ve eso, solo ve su misión de rescatarlos de ese mundo y llevarlos por el camino del bien; hay hermanos que tienen que ir a prostíbulos y lugares de mala muerte para orientar al necesitado, pues estos nunca van a la iglesia, entonces la Iglesia va a ellos. Me imagino que el padre Tirson Chacón estaba en una de esas misiones.

—Arzobispo, ¿conoce de alguna irregularidad en el desempeño de las funciones del padre? ¿algo que ocultaba, enemigos, juegos, deudas…?

El hombre abrió los ojos, indignado por la pregunta, miró a su colega y luego, de manera tajante y cortante, le respondió al policía.

—Comisario, el padre Tirson era un hombre de Dios, ¡¿cómo se atreve a pensar que estaría metido en vicios?! Al contrario, él los combatía, al igual que cualquier sacerdote católico.

En ese momento, Pacheco, que había permanecido callado, recibe una llamada donde le informan que va a comenzar la autopsia del occiso. Se notifica a los representantes de la Iglesia y se trasladan a la sala de autopsias, allí los esperaba un fiscal del Ministerio Público, el patólogo y un fotógrafo de Criminalística.

Era un área de sesenta metros cuadrados aproximadamente, con suelo impermeable, varios mesones de acero inoxidable de dos metros de longitud y ochenta centímetros de ancho; en uno de ellos yacía el cuerpo desnudo de un hombre. La cabeza descansaba sobre un bloque de madera, una potente lámpara permitía ver con detalle el cadáver; el olor que se percibía era una mezcla rara entre formol, humedad y sangre en descomposición.

Los dos religiosos se persignan y es ahí cuando el Nuncio, con un acento afrancesado, les dice:

—¿Señor comisario, es necesario esto? Ya sabemos que lo apuñalaron.

—Sí, es necesario, nuestras leyes exigen que ante una muerte violenta debe realizarse una autopsia. Es lo que nos dará seguridad de las causas de la muerte; además, se puede localizar otro indicio para esclarecer el hecho.

Al empezar con el procedimiento, les entregaron a los presentes unos tapabocas, los cuales se colocaron, y de inmediato comenzó la operación.

Los policías seguían el estudio y examen de los órganos con gran interés, para ellos era algo normal, habían presenciado cientos de autopsias; para el fiscal del Ministerio Público era algo nuevo y no disimulaba lo sorprendido que estaba al ver la tranquilidad con la que el patólogo abría la cavidad torácica o retiraba el cuero cabelludo. Para los sacerdotes era algo horrible, a duras penas soportaban las ganas de vomitar o salir corriendo de aquella sala.

El doctor Jeremías Berne, encargado de realizar el examen, rápidamente dedujo que la causa de la muerte no fue la herida, sino el calcetín que le colocaron en la boca, ya que una parte se introdujo en la garganta y le impidió respirar, por lo que al final murió asfixiado.

Se tomó una muestra de vísceras y cabellos, en busca de algún tóxico, luego el cadáver fue colocado de decúbito abdominal para realizar el examen ano rectal, donde la conclusión del médico horrorizó a los representantes del clero.

—Examen ano rectal, desfloración positiva antigua, restos de secreción, presuntamente seminal.

Los dos sacerdotes pidieron al comisario, al fiscal del Ministerio Público y al médico forense reunirse nuevamente; allí plantearon la necesidad de retirar del expediente el informe donde señalaban que el occiso había mantenido relaciones sexuales con otro hombre.

—Señor comisario, si es necesario vamos a hablar con el Ministro de Relaciones Interiores o con el Presidente, pero esto no puede salir a la luz pública porque sería un gran daño a la Iglesia católica venezolana, necesito que nos prometa que va a desaparecer ese informe.

Al escuchar estas palabras, Rodríguez cambió su semblante de colaborador y amable con los representantes religiósos, su rostro pasó a ser serio y se le apreciaba la incomodidad por la sorprendente solicitud. A continuación, con una voz recia y tajante manifestó:

—Con el respeto que se merecen, pueden hablar hasta con el Papa, pero es un caso de homicidio y nada va a desaparecer; a ustedes le preocupa la imagen, a mí me preocupa dar con el asesino y ponerlo tras las rejas antes de que vuelva a matar. —Dicho esto, el comisario se retiró de la oficina y dejó a los dos religiosos atónitos.

Capítulo II

El cristianismo llegó a América con los conquistadores, quienes con las armas y con la cruz sometieron a los indígenas, inculcando una nueva cultura y extinguiendo una rica tradición que centraba sus creencias en los fenómenos naturales, en el Sol, la Luna, la Tierra, el fuego, la lluvia y los árboles; en fin, todo lo que daba vida y ayudaba a la vida era adorado y respetado por los pobladores autóctonos de estas tierras.

Los Olmecas, Mayas, Aztecas, Incas, entre otros, eran politeístas; pero producto de la confrontación con los conquistadores, fueron convertidos a la religión cristiana.

En el resto del continente no fue diferente, en América del Norte los ingleses inculcaron el anglicanismo; por su parte, los portugueses inculcaron el catolicismo en lo que es hoy Brasil. En Venezuela los españoles establecieron la religión católica como obligatoria y fueron evangelizando a los Arahuacos, Caribes, Yanomamis y Chibchas.

Sin embargo, fue necesario trasladar a un nuevo grupo, los esclavos provenientes de África, pues la mano de obra indígena no era suficiente para la explotación agrícola; con ellos llegaron también sus culturas y creencias, que fueron adaptadas a la obligatoria religión católica.

Los andes venezolanos tradicionalmente han sido el semillero de militares, hemos tenido varios presidentes de la República cuyo abolengo es andino y de profesión castrense, el más famoso de todos, el general Juan Vicente Gómez, natural de La Mulera, estado Táchira; quien gobernó el país a sangre y fuego por treinta años. También una gran cantidad de religiosos han visto la luz a lo largo de la cordillera andina, sacerdotes venezolanos que han llegado a las puertas del Vaticano, ocupando los más altos cargos que otorga la Iglesia católica.

Es en la Grita, estado Táchira, donde nace Tirson Inocencio Chacón Angulo. Desde niño fue objeto de una educación muy estricta, ya que su familia era muy apegada a las normas de la moral y las buenas costumbres, además de creyentes apasionados del catolicismo. Cuando era un adolescente acompañaba a su madre Catalina Angulo a todos los velorios, donde era la encargada de dirigir los rezos, pero también la acompañaba a cualquier festividad religiosa.

En Semana Santa, cuando se celebraban los misterios de la muerte y resurrección de Jesús Cristo, Tirson, siendo muy joven, participaba en todos los actos, incluyendo las procesiones, donde se vestía con una túnica de color morado simulando las ropas del Nazareno; asistía a las misas; evitaba comer carne durante esa semana y llegaba hasta el punto de andar de rodillas un largo trecho porque su madre así lo ofreció cuando estuvo enfermo.

El padre de Tirson, un militar que llegó al grado de Mayor, había muerto, dejando cuatro hijos, a tres hembras y a Tirson, el menor y único varón. Su madre nunca se volvió a casar. También compartía con sus tías solteronas quienes esperaban que siguiera la carrera militar como su padre, pero Catalina tenía otros planes para Tirson. Una tarde se presentó ante el párroco de la Grita y solicitó su apoyo para que su hijo, al finalizar la secundaria, ingresara al seminario.

Así fue como, sin tener otra opción y sin poder protestar, ingresó a estudiar teología en el seminario Diocesano Santo Tomás de Aquino, del estado Táchira. Uno de los impulsos más fuertes que empujaron a Tirson hacia su vida posterior, fue salir de su pueblo natal y ser independiente de su madre, quien hasta poco antes de morir lo regañaba y le fijaba los rumbos a seguir.

Ya graduado e iniciado en sus oficios como sacerdote, fue designado a trabajar en el estado Mérida, allí lo que más le gustaba era la misa que realizaba una vez cada dos meses en la pequeña capilla del pueblito Los Nevados, donde llegaba a través del teleférico, exactamente desde la estación "Loma Redonda", a lo que le seguía una cabalgata en mula durante 5 horas.

El camino era maravilloso, riachuelos de aguas cristalinas atravesaban el sendero constantemente, se veían flores de colores exuberantes y un cielo cambiante, al principio de azul puro y limpio, luego las nubes blancas con figuras ocurrentes, hasta llegar a la tierra en forma de una neblina grisácea que limitaba la visión; para finalmente recibir la bendición con un rocío gélido. Mirar los frailejones cubriendo todas las montañas, respirar el aire más puro del mundo, beber agua directamente de la fuente de la naturaleza; ese recorrido animaba el espíritu, regocijaba la vista, hacía pensar realmente que el paraíso terrenal existía, y no era otro que el camino a Los Nevados.

En el pintoresco pueblo, los pobladores rendían honores al cura, como muestras de cariño y respeto le obsequiaban diferentes detalles, como frutas, legumbres, quesos, carne y dulces, y las familias se peleaban para que el sacerdote los acompañara en la mesa.

—Padre Tirson, hoy debe cenar en mi casa, ya que la vez pasada lo hizo en casa de la familia Paredes. —Le reclamaba una señora entrada en años.

—Hija, deja los celos, que eso es un pecado. Está bien, cenaré en tu casa hoy. —Respondía el cura.

A la hora de recibir la confesión se formaba una larga cola, prácticamente todas las personas del pueblo se confesaban, aunque el soldado de Dios enfilaba sus baterías hacia las muchachas jóvenes que revelaban un amor secreto y admitían haber mantenido relaciones sexuales. El presbítero le daba confiaza indicándoles que solo contando todo serían perdonadas.

—Dime, hija mía, ¿cómo sucedió, te gustó? ¿Cuántas veces te hizo el amor? Dímelo todo para poder darte el perdón.

Las jovencitas, sumisas e inocentes, contaban someramente sus experiencias, pero el religioso prácticamente les exigía detalles, que hablaran sobre sus sensaciones, si les había gustado y las posiciones adoptadas; cuando las muchachas enmudecían y no querían seguir hablado, era cuando el confesor colocaba las penitencias.

Con los varones sucedía algo muy particular, cuando

un muchacho le decía que tenía pensamientos impuros y soñaba con mantener sexo con su vecina o maestra, que había mantenido relaciones con una burra o mula, o que se sentía pecador; el cura les preguntaba si se masturbaban frecuentemente, cuando le respondían que sí, las preguntas subían de tono, cuántas veces al día, dónde, en qué pensaba, si le gustaba. Algo había en la psique del hombre con sotana que lo excitaba y prácticamente lo hacía disfrutar escuchar las confesiones eróticas de los fieles.

En Mérida estuvo en varios lugares, siendo el último la ciudad de El Vigía, luego pasó al estado Trujillo, también viajó al centro del país, al estado Aragua. En varias oportunidades visitó Italia, fue a Roma, al Vaticano; adquirió una amplia cultura religiosa, además de obtener una licenciatura en sociología.

Se mudó a Caracas a fin de continuar con sus labores ecuménicas. A parte de los oficios religiosos, también se dedicó a la docencia en dos o tres colegios católicos en la capital del país, donde trataba con mucha severidad a los alumnos, en especial a las jovencitas; pero a veces, con el personal masculino era muy atento, con los jóvenes de contextura atlética se le vía muy animoso, les daba consejos y facilitaba información sobre los exámenes a presentar.

¿Los milagros existen? Pues al parecer sí, ya que un muchacho del último año de bachillerato fue aplazado en más de la mitad de las materias cursadas, pero el padre Tirson lo tomó bajo su tutela y el muchacho aprobó el año escolar y se graduó de bachiller. Dos o tres veces a la semana, luego de terminar clases, visitaba al sacerdote, a fin de recibir consejos y orientación para rendir en los estudios.

El presbítero no precisamente tenía una vida humilde y de austeridad, como lo manda la santa Iglesia católica, por el contrario, vivía en abundancia, manejaba una camioneta todo terreno último modelo, a veces comía en los mejores restaurantes de Caracas y se le vía hacer compras en los centros comerciales del este de la ciudad. La última vez que regresó a La Grita participó en la procesión del Santo Cristo, que se celebra el 6 de agosto de cada año, visitó a sus tías y rápidamente regresó a Caracas, alegando que tenía mucho trabajo pendiente.

Capítulo III

El comisario Carlos Rodríguez no dejaba de atender su teléfono, recibía llamadas del director solicitando avances, sospechosos, estrategias, líneas de investigación, alguna información para cuando la prensa lo abordara.

—Mira, Rodríguez, me llamó el ministro, está muy preocupado por este caso, el presidente también sabe. ¡Coño, que no se entere la prensa!

—Ya eso no depende de mí, jefe, esta noticia no se puede tapar con un dedo. Le informo que la camioneta del sacerdote fue localizada abandonada cerca de la estación del metro de Plaza Venezuela, ya una comisión de Criminalística está haciendo todas las experticias correspondientes.

—Rodríguez, ¿de verdad el cura era homosexual? ¡Coño, que arrecho! ¡No lo puedo creer!

—Tranquilo, jefe, ya hay varios equipos revisando todo, este caso sale, porque sale. No es la primera vez que un sacerdote es protagonista de las crónicas rojas, acuérdese del cura de Bolívar que violó a la hermana y luego la mató, el caso lo narraron en un libro muy bueno del comisario Fermín Mármol León, llamado "Cuatro crímenes, cuatro poderes".

Ya en su oficina, el comisario conversaba con Pacheco sobre las últimas diligencias realizadas en el caso de homicidio.

—Narciso, no cabe duda que fue un crimen pasional, hay que buscar quiénes sabían que el cura era gay, a sus parejas anteriores. ¿Los resultados de laboratorio qué han arrojado?

—Jefe, mandé a hacer unas redadas en la Avenida Libertador para buscar a los proxenetas, esos saben más que nadie del mundo de ambiente. Esta noche también vamos al *night club* en Chacao, donde van muchos homosexuales.

—Ok, Pacheco, me parece muy bien, hay que ingresar a ese submundo de vicio y perversión, pues de allí va a venir la respuesta. Estamos en una época en que la libertad sexual es un derecho humano, pero en este caso, han matado a un hombre y el derecho a la vida está por encima de cualquier otro.

La Avenida Libertador, en la capital venezolana, es famosa por la cantidad de trabajadores sexuales que allí deambulan ofreciendo sus servicios, mujeres de la vida alegre, hombres y travestis compiten por un cliente que les deje algo de dinero. Esa noche llevaron ante la División Contra Homicidios a varios sujetos que administraban grupos de mujeres y hombres en una empresa de explotación sexual; fueron reseñados y colocados en una celda a la espera. El comisario habló con cada uno de ellos y les mostró la foto en vida de Tirson, les preguntó si conocían al sujeto, pero ninguno daba respuestas positivas; poco a poco fueron dejando en libertad a los proxenetas, solo dos quedaron detenidos y puesto a la orden de la División de Narcóticos, pues para el momento de su detención portaban pequeñas cantidades de droga para los clientes más exigentes. Otros dos estaban solicitados por el delito de robo, así que pasaron a la División de Captura, pero del homicidio del sacerdote Tirson Chacón no se obtuvo información.

En el *night club* de Chacao las cosas fueron diferentes. El inspector Narciso Pacheco llegó muy discretamente con dos funcionarios. Era un lugar con una iluminación muy sutil, decoración elegante y cuadros de muy buena calidad donde se apreciaban mujeres vestidas con atuendos masculinos en las noches parisinas, otras pinturas reproducían la caza de la zorra en el siglo XIX, y las restantes estaban llenas de paisajes europeos.

Había una pequeña tarima donde un artista tocaba una guitarra y cantaba, pero lo que llamó la atención de los pesquisas fue un tubo plateado que estaba en medio del escenario. Había una barra de madera y muchas mesas, el lugar estaba lleno de clientes; los policías se sentaron en la barra y pidieron tres cervezas, mientras observaban el lugar. En algunas mesas había parejas de hombres y en otras, de mujeres.

Terminó de tocar el músico y de inmediato una voz invisible hizo la presentación del siguiente show.

—Ahora, con ustedes, nuestra estrella, la gran ZACHA.

Una mujer alta, cabellos rubios, con senos voluptuosos, un bikini de lentejuelas y exageradamente maquillada salió al escenario y comenzó a bailar sujetando el tubo; la danza era erótica, giraba, se abrazaba, subía por el cilindro y luego se dejaba caer. Los policías disfrutaban del espectáculo, hasta se habían olvidado del motivo de su visita a ese local. De repente, un hombre con una franela negra ceñida al cuerpo y pantalones negros brillantes le pide a Pacheco un cigarrillo, quien le contestó que no fumaba, pero el hombre en voz baja le susurró al oído.

—Por encima se ve que estás bien dotado, si no tienes compromiso esta noche, te puedo acompañar.

Pacheco se sorprendió por aquella propuesta, pero sin perder la cordura, le dijo que venía acompañado por dos amigos, y le dio las gracias. El hombre se retiró lentamente sin perder la mirada del policía. Los dos compañeros del inspector no aguantaban la risa, así que los amenazó con arrestarlos el fin de semana si decían algo al regresar a la oficina.

Luego del show se entrevistaron con el encargado del local, quien de inmediato llamó al portero, el empleado más antiguo del negocio, a quien le mostró la foto del cura y luego de una mirada detallada lo reconoció.

—Sí, ha venido varias veces, llegaba solo y se iba acompañado, creo que es vendedor de seguros y si no me equivoco, su nombre es Pedro Ramírez.

—¿Quién fue la última persona que lo acompañó? —Preguntó Pacheco.

—Se fue con Raúl, hace dos semanas, fue la última vez que lo vi. Raúl está esta noche aquí, él vive de complacer hombres que le pagan muy bien por favores sexuales.

Luego de buscar entre las mesas, el empleado lo señala, y los tres hombres, de manera muy discreta, lo abordan, le muestran la identificación de Policías y lo sacan del local.

Camino a la División de Homicidios le muestran la foto del sacerdote Tirson Chacón, y este lo reconoce como Pedrito, un vendedor de seguros que le solicitó favores sexuales a cambio de dinero.

Raúl fue interrogado por más de dos horas, el comisario Rodríguez le preguntaba de todo.

—Dime, Raúl, ¿por qué mataste al cura? Vas a estar treinta años preso.

—Yo no he matado a nadie, ese hombre no era cura, él me dijo que se dedicaba a la venta de pólizas de seguro, se llama Pedro Ramírez. ¡Por favor! Yo no he hecho nada malo, solo le presto un servicio sexual a los caballeros, eso no es delito. Me dijo que quería salir con muchachos jóvenes, yo quedé en presentarle a unos carajitos amigos míos, pero luego no supe más de él.

De este interrogatorio la policía aclaró muchos puntos, el sacerdote tenía doble vida, usaba un nombre falso, se presentaba como corredor de seguros; pero faltaba quién fue su último compañero, evidentemente no fue Raúl. Luego de comprobar las cuartadas del hombre, se dieron cuenta que decía la verdad, por lo tanto, lo dejaron ir; pero le advirtieron guardar silencio de todo lo que se había conversado, y si tenía alguna información, que se pusiera en contacto con Homicidios de la PTJ.

El resultado del análisis telefónico confirmó lo que ya se sabía, el cura tenía a varias personas registradas en su directorio, cuando fueron citadas, manifestaron que no sabían de ningún Tirson Chacón; pero, al ver las fotos del occiso, lo identificaron como Pedro Ramírez y confesaron que si habían mantenido relaciones sexuales con él.

El comisario Carlos Rodríguez y el inspector Narciso Pacheco se trasladaron a la iglesia donde el padre Tirson tenía su despacho y oficiaba misa. Los atendió una señora entrada en años, a quien cariñosamente le decían "Panchita". La dama no paraba de hablar sobre la tragedia, a ella le preguntaron si sabía de algo anormal, pero respondió que no, que el padre era un santo y ayudaba a todo el mundo. Revisaron el lugar, pero no consiguieron nada extraño.

Saliendo del templo, Pacheco hace unos comentarios relacionado con el *night club*, pero Rodríguez no lo escucha porque había una construcción de un edificio que hacía mucho ruido. Al caminar por la calle Rodríguez ve a varios obreros con sus cascos y ropa de trabajo, de repente se para y queda inmóvil por espacio de unos segundos, y le dice al inspector:

—¡¿Tienes las fotos del sitio del suceso?!

—Aquí las tengo.

Se las entrega a su jefe, quien las observa y vuelve la mirada al grupo de obreros; le dice a Pacheco que deben regresar a la iglesia. Él no entendió, pero ya era costumbre no llevarle la contraria al comisario.

Nuevamente en la oficina del cura asesinado, Rodríguez se entrevista con Panchita por un largo rato, y luego de confirmar sus sospechas, la cara seria se le transforma a un semblante de satisfacción por la información obtenida.

Pacheco, que no entendía la conducta de su jefe, le pregunta cuál era la nueva pista, cuáles eran sus sospechas. A lo que el viejo policía le responde que se quedara tranquilo, que faltaba poco para esclarecer el asesinato.

Capítulo IV

En horas de la tarde la comisión de la PTJ llega a las oficinas de la Constructora "Siglo XX", y solicitan hablar con el jefe de recursos humanos; pocos segundos esperan en la antesala, hasta que un hombre de mediana edad, cabellos canosos, tez blanca, delgado y alto, los hace pasar a su oficina; se trata del ingeniero Rafael Hidalgo, uno de los encargados de la obra y a la vez, el responsable del personal que labora en la construcción.

—¿Dígame, comisario, en qué le puedo servir?

—Gracias por recibirnos, ingeniero, me enteré de que esta empresa apoyó con unas reparaciones a la iglesia que está a una cuadra de aquí, me urge que por favor me de los nombres de los obreros que realizaron las reparaciones, y si tiene fotos mucho mejor.

—Sí, comisario, dentro de nuestra responsabilidad social está colaborar con las instituciones que hacen vida en este sector, y el padre Tirson Chacón nos solicitó por escrito el apoyo para reparar la iglesia, así que se aprobó; de la misma manera hemos ayudado a escuelas, hospitales y organismos de seguridad, cada vez que tenemos una obra, y de acuerdo a las necesidades, lo hacemos; fíjese bien, en el barrio que queda en la parte norte de la calle, estamos construyendo una pequeña cancha deportiva para los niños de la comunidad.

Luego de esta conversación el ingeniero dio instrucciones a su secretaria, quien buscó en unos archivos varias carpetas y se las entregó, este a su vez se las pasó al policía. Rodríguez observó detalladamente las hojas de vida y las fotos de los obreros, luego anotó en su agenda. Pacheco igualmente revisó las carpetas, pero sin saber el motivo real, solo que había trabajado en la iglesia del padre Tirson.

—¿Puede hacerlos llamar? —Solicitó el viejo pesquisa.

—Creo que no están todos, porque trabajan por turno, pero ya les traigo los que están aquí. —Respondió el ingeniero.

En la iglesia trabajaron doce obreros y un maestro de obra, en ese momento había ocho de los participantes, quienes llegaron a la sala de reuniones de la empresa. El comisario fue observando de uno en uno a los trabajadores, los miraba de arriba abajo, y les preguntó si alguno tenía antecedentes policiales o si alguno había estado preso; dos respondieron que sí, uno por delito de lesión y otro porque en su juventud lo agarraron con marihuana.

El inspector Pacheco ordenó identificar plenamente a los trabajadores y realizar una reseña de descarte, de igual manera ordenó verificar su ubicación el día de los hechos. Uno a uno se fueron retirando, todos estaban nerviosos, el comisario preguntó si trabajaron por grupos en la iglesia, y el ingeniero les respondió que efectivamente, sí habían asignado equipos de trabajo de acuerdo al horario.

Al finalizar las entrevistas, Rodríguez entregó dos carpetas a Pacheco y le ordenó citar a esos dos hombres a la División de Homicidios para la mañana del día siguiente. El inspector preguntó por los que no estaban presentes, y el comisario le respondió que no hacía falta.

Regresaron al buró contra homicidios, se dieron algunas instrucciones, y se retiró al personal temprano.

Al salir de la oficina, los dos policías, compañeros de trabajo y amigos, caminan unos pocos metros hasta entrar a "La tercera base", el bar restaurante de la plaza Parque Carabobo; como de costumbre, el mesonero les acerca dos jarras que sudaban del frio, llenas de aquel líquido rubio que tenía una corona de espuma blanca, el cual tomaron prácticamente de un sorbo.

—Pacheco, ya estamos listo, mañana cuando declaren los dos obreros, salimos a hacer un allanamiento. Este caso está resuelto, solo faltan unos pequeños detalles. —Decía Rodríguez, quien, de un segundo sorbo, vació la jarra de cerveza.

—¡Caramba, comisario, usted es más misterioso que una iglesia sin luz! ¡Hable ya y dígame quién es el asesino! —Respondió el barloventeño.

La velada duró veinte cervezas, cada uno consumió diez, además de algunos pasapalos como empanaditas de carne mechada y un rico ceviche que el dueño le servía solo a los clientes más frecuentes del lugar. El jefe le cuenta a su funcionario de confianza su análisis del caso; a medida que hablaba, la cara del inspector se transformaba de impaciente a satisfecha; una vez más se sentía afortunado por trabajar con este personaje tan brillante en la investigación criminal. Solo una

mente lúcida que evalúa cada detalle puede lograr esas conclusiones.

Capítulo V

Cuando llegaron las dos personas a declarar, el inspector los atendió, ya tenía un equipo de Criminalística preparado. Se tomaron las entrevistas con unas preguntas puntuales que había preparado Carlos Rodríguez, luego se les pidió que se quitaran las botas y estas fueron objeto de una experticia. Al mismo tiempo salía para la construcción un equipo que logró ubicar a un joven de nombre Pablo Alfonzo Mayora.

Los detectives se trasladaron a la residencia de Mayora con una orden de allanamiento, ahí localizaron una sortija y un rosario de oro, propiedad del cura fallecido; también localizaron dinero, varios discos compactos y revistas pornográficas que estaban en la camioneta del occiso, además de ello, un cuchillo con manchas oscuras que aparentemente eran sangre seca.

Los detectives de Homicidios no se explicaban cómo había sido tan precisa la información del jefe, todos estaban gratamente sorprendidos por encontrar esas evidencias contundentes contra el joven trabajador de la construcción. ¿Cómo supo Rodríguez que esta persona era el asesino?

Al llegar a la oficina, las botas de Pablo Alfonzo fueron

sometidas a la experticia llamada "luminol", que arrojó un resultado positivo a la reacción. Esta prueba es de orientación para la presencia de sangre, y aunque no es totalmente segura, aplicándola adecuadamente y tomando en cuenta la información de la actividad que realiza la persona, se pueden obtener buenos resultados.

De igual manera, la marca de pisada que se fijó en la fotografía del sitio del suceso dio positiva con la del calzado del sospechoso; Pablo Alfonzo Mayora, obrero de la construcción, fue el asesino del padre Tirso Chacón.

Otras experticias más precisas, como el ADN del semen localizado en la víctima y en el sitio del suceso, no dejarán lugar a dudas. ADN es el nombre de la molécula que contiene la información genética en todos los seres vivos, "ácido desoxirribonucleico". Esta técnica se denomina "Huella Genética", fue utilizada por primera vez en el año 1984 por el genetista británico *sir Alec Jeffrey*.

Con solución salina y una gasa se limpió la hoja del cuchillo, para luego enviarla al laboratorio, el resultado confirmó que era sangre y luego que esa sangre correspondía con la del cadáver del sacerdote.

Ya en la sala de interrogatorios, el joven obrero, al ver todos los elementos en su contra, no tuvo otra opción que confesar su crimen.

Todos los detectives de Homicidios estaban satisfechos por haber esclarecido el hecho, pero ¿cómo fue que se llegó a este sujeto? Todos estaban muy asombrados, porque hasta ese día no había sospechoso, además, la línea de investigación de la compañía constructora manejaba más de quinientos obreros, y de repente, un nombre preciso, un allanamiento positivo y una detención efectiva de un victimario. El comisario con su hermetismo mantenía la información en suspenso hasta el último minuto, ya era su costumbre; solo Pacheco, un día antes, se había enterado de las hipótesis que manejaba su jefe y las deducciones lógicas que se produjeron por la precisa observación de un calzado.

El director del CICPC esperaba impaciente al comisario Carlos Rodríguez para saber los pormenores del caso que conmocionó a la sociedad y al clero venezolano. Llegó el jefe de Homicidios con su colaborador inmediato, Narciso Pacheco, y entraron a la oficina del jerarca policial.

—Cuéntame, Rodríguez, ¿qué pasó con el cura? mira que tengo que dar una rueda de prensa.

—¡Listo director, agarramos al homicida!

La observación y el cuidado en los detalles es la filosofía de trabajo de este hombre entregado a su pasión: la investigación criminal.

Luego de revisar minuciosamente las fotografías del sitio del suceso, tenía en la mente todos los detalles. Cuando fue con su equipo de investigadores a la iglesia, realmente no encontraron una pista precisa. Al salir a la calle, notó que había una construcción aledaña, y al observar detalladamente a los obreros, le llamó poderosamente la atención un elemento común en su indumentaria: el tipo de trenzas que ellos utilizaban para atar el calzado. Todos usaban botas de seguridad, las cuales se diferenciaban del zapato común, pues eran más largas; efectivamente, cuando se localizó el cadáver del religioso, estaba maniatado con cordones largos, allí surgió una corazonada.

Cuando regresó por segunda vez a la iglesia y habló con Panchita, la encargada de la oficina del cura, no le preguntó sobre enemigos, deudas o cualquier otra cuestión que significara un móvil, el comisario tenía la certeza de que el motivo fue pasional. Sus preguntas fueron relacionadas a la construcción cerca de la iglesia. Ella le informó que unos obreros de esa empresa habían trabajado en ese recinto religioso haciendo unas reparaciones, y por supuesto, habían interactuado con el presbítero; esta información le dio más fuerza a su hipótesis.

Una vez en la oficina de la empresa constructora, al hacer comparecer a los obreros que habían trabajado en el templo, los examinó y se fijó en un detalle muy particular, los cordones de las botas que prácticamente eran uniformes en todos los trabajadores. Rápidamente notó que uno de ellos, un joven moreno de veinte años de edad, de contextura atlética, alto y ojos marrones, sus trenzas no correspondían con las originales del calzado de seguridad, usaba unos cordones blancos. Este muchacho respondía al nombre de Pablo Alfonzo Mayora.

Raúl, el trabajador sexual que localizó Pacheco en el *night club* de ambiente, en Chacao, había comentado que el supuesto vendedor de seguros, Pedro Ramírez, cuyo verdadero nombre era Tirson Chacón, le había hecho la solicitud de conseguirle un jovencito para compartir, y de los obreros examinados, Pablo Alfonzo era el más joven.

Pablo Alfonzo era oriundo de El Vigía, estado Mérida, eso lo pudo conocer Rodríguez cuando leyó determinadamente la hoja de vida, y recordó que el cura había realizado su "apostolado" en Mérida, quizás una casualidad, pero Rodríguez no creía en casualidades.

Cuando preguntó si trabajaban en equipo, era para establecer los vínculos de amistad, pues se sabe que a un buen amigo se le cuentan cosas delicadas; por eso hizo comparecer a los dos compañeros de trabajo que cumplían horario con el joven, quienes confirmaron haber escuchado de boca de Mayora, que en varias oportunidades el padre lo llevaba en su camioneta hasta su casa. El día del homicidio se pudo precisar que el joven no estaba en la iglesia.

Al ser detenido el muchacho, rápidamente se le hizo una prueba de "luminol" a las botas, este compuesto químico produce una quimioluminiscencia para detectar sangre así se haya lavado el objeto y efectivamente, el resultado fue positivo. Lo demás fue organizar las evidencias para tener un caso blindado.

Cuando el joven moreno llegó al despacho policial, negó su participación en el homicidio, en ese momento entró el veterano pesquisa, guerrero de mil batallas, y le preguntó al muchacho por los cordones de sus botas, ¿por qué eran blancos? Su respuesta fue que los había perdido, es entonces cuando do Rodríguez sacó de la gaveta del escritorio una bolsa transparente en la cual se leía "Evidencia C", contentiva de dos cordones marrones propios de las botas de seguridad.

—Qué suerte, Mayora, encontramos tus trenzas, tienes que tener más cuidado en dónde dejas tus cosas.

Y las dejó caer sobre el escritorio, delante del muchacho, cuyos ojos parecían querer salir de sus órbitas. Se le hizo un nudo en la garganta y el comenzó a llorar. Pacheco le ofreció un vaso con agua y unos minutos después les narró cómo ocurrieron los hechos.

Capítulo VI

El director de la PTJ convocó a una rueda de prensa donde narró cronológicamente el desarrollo de los hechos hasta la detención del asesino del presbítero Tirson Chacón. Los periodistas más osados le preguntaron sobre la orientación sexual del religioso, a lo que el director respondió con evasivas, resaltando los procedimientos criminalísticos y el profesionalismo de los hombres bajo su mando.

Un periodista, antes de concluir la rueda de prensa, de manera directa increpó al jefe de la PTJ.

—Director, ¿el padre Tirson Chacón, era homosexual, sí o no?

—Señor periodista, nuestro trabajo es buscar la verdad en un crimen, aprehender al delincuente y llevar la paz a la sociedad venezolana, evitando la impunidad. No discriminamos a las personas, si son ricos o pobres, blancos o negros, hombres o mujeres, heterosexuales u homosexuales. La PTJ está para hacer cumplir la ley, no para cuestionar las orientaciones sexuales de las personas, y usted como profesional de la comunicación social, debería darle mayor importancia al hecho en sí que a la condición individual de las víctimas.

Dicho esto, el apenado periodista no hizo más preguntas, sus colegas quedaron satisfechos por la información aportada. El clero venezolano hizo un comunicado a los feligreses y público en general, donde felicitaba a la PTJ por haber puesto tras las rejas al culpable de la muerte del padre Tirson Chacón, cumpliendo así la ley de los hombres, porque ya Dios se encargará de hacer cumplir su ley.

El comisario Carlos Rodríguez y el inspector Narciso Pacheco estaban en el Salón Azul de la PTJ, así se conoce la sala de conferencias de la Dirección Nacional del cuerpo detectivesco, escuchando al director. Luego de concluir la entrevista, fueron invitados a la oficina del jefe de la PTJ a tomar un café.

—Rodríguez, estos periodistas no tienen misericordia, querían que les declarara que el cura era marico. Tienen todos los elementos, saben los detalles, pero claro, ellos no van a colocar "Sacerdote homosexual", a menos que yo lo declare oficialmente. ¡Ni que fuera pendejo, Rodríguez! A propósito, el Arzobispo de Caracas te manda a dar las gracias por resolver el caso, y se disculpa contigo por el inconveniente de la morgue.

—Director, en estos tiempos hay una descomposición social en todas las instituciones, la religión no escapa de ello, los jerarcas de la Iglesia católica en muchas ocasiones obstaculizan las investigaciones, además de no reportar, y, de hecho, encubrir a los sacerdotes. Los medios de comunicación solo saben la historia de este crimen, pero fíjese bien por qué se originó este homicidio, Tirson Chacón tenía dos expedientes administrativos por abuso sexual, esa información nos la suministró de manera extra oficial un cura que detesta tanta hipocresía en el clero.

El comisario narra detalladamente otros aspectos del hecho. Tirson Chacón conoció a su asesino en Mérida, estado andino de Venezuela. Cuando el adolescente quería ser monaguillo y la mamá le pidió el favor al cura de enseñarlo, el padre aceptó y se comprometió a prepararlo. A medida que pasaba el tiempo, lo fue trabajando psicológicamente, hasta que, en una oportunidad estando a solas con Pablo Alfonzo Mayora, le comenzó a tocar la pierna; el muchacho reaccionó alejándose y el sacerdote lo amenazó.

Llegó el momento, un domingo después de misa. El joven estaba recogiendo todos los objetos utilizados, cuando Tirson Chacón cerró la oficina parroquial y se abalanzó sobre el candidato a monaguillo, besándole y tocándole sus partes íntimas. En esa oportunidad, le hizo sexo oral, luego lo amenazó diciendo que si contaba lo sucedido, nadie le iba a creer y le podía ir muy mal a su familia. Los abusos sexuales se repitieron hasta que Pablo Alfonzo se vino a Caracas a continuar sus estudios.

La situación económica de la familia era crítica, por lo tanto, el joven, luego de graduarse de bachiller, salió a ganarse la vida en diferentes oficios. Hasta que fue contratado como ayudante de albañil, con tan mala suerte que por compromisos de la empresa tienen que hacer unas reparaciones a la iglesia donde Chacón hacía su "apostolado", es ahí cuando se vuelve a encontrar con el sacerdote.

Mayora ya no era un niño fácil de manipular con amenazas, eran un joven de 20 años, por lo que el cura usa otro método; al enterarse de que está atravesando una situación económica difícil, le ofrece dinero para ayudar a la familia.

Lo lleva varias veces a su casa y se entera de que su mamá está enferma de cáncer, y los tratamientos son costosos. Gracias a sus relaciones, el religioso consigue parte de las medicinas. Cuando se agotan, el muchacho desesperado le solicita ayuda. Tirso la condiciona y comienza a cobrar la ayuda con favores sexuales. Es cuando decide pasar al siguiente nivel y se va a un hotel con el muchacho; allí, luego de mantener sexo, quería penetrar a Pablo Alfonzo, pero este se negó y el clérigo le dijo que, si no lo permitía, su mamá iba a morir porque no lo seguiría ayudando. Allí es cuando se produce la discusión y el joven golpea al hombre, luego lo amarra con las trenzas de las botas, y como el cura gritaba, le pone un calcetín en la boca, mientras que con el cuchillo lo corta para obligarlo a callar.

Por mala suerte, la mordaza se fue hasta la garganta y el hombre falleció.

Pablo Alfonzo Mayora le quitó todo lo de valor y huyó del lugar con la camioneta, la deja en Plaza Venezuela y toma el metro de regreso a su casa.

—Director, yo estoy seguro de que, si hacemos una averiguación profunda sobre la vida de ese cura, localizaremos casos de abuso sexual a niños y adolescentes, ese hombre era un enfermo, un pederasta; no justifico la muerte de un ser humano, pero en este caso las circunstancias y la conducta de la víctima fueron las que ocasionaron el desenlace fatal.

—Estoy de acuerdo contigo, Rodríguez, más culpa tiene la víctima que quién lo mató, pero como dijo el arzobispo, la ley de Dios ya se encargó de hacer justicia, y ese cura no seguirá de pervertido dañando a nuestros jóvenes. Por otro lado, el pueblo venezolano que sufre diferentes penurias consigue en la fe cristiana un alivio, solo mira las concentraciones de personas en Margarita y todo el oriente con la "Virgen del Valle", en Maracaibo con "La Chinita", en Barquisimeto con "La Divina Pastora", en los llanos con la "Virgen de Coromoto", el "Santo Cristo de La Grita", en Táchira; en Semana Santa, en Navidad, todas son manifestaciones religiosas que le dan fuerza al pueblo para resistir, trabajar y luchar por salir adelante. Si se llega a conocimiento público esto que has averiguado, dañará mucho la imagen de la religión oficial de los venezolanos y dentro del catolicismo hay muchas personas buenas que han contribuido con los más necesitados, en los lugares más remotos, donde no llega la ayuda oficial o los servicios básicos; sin embargo, llegan los misioneros para paliar las necesidades de los menesterosos.

Terminada esta conversación, los dos policías se despiden de su jefe. En el camino Narciso Pacheco le dice al comisario.

—Todo esto de la religión me hace recordar los bailes de tambor que se dan en Barlovento, la gente toma alcohol y baila, disfruta y se distrae, pero el tema central también es la fe, ya que todo se hace en honor a un santo como puede ser San Juan. Que rico mueven la cintura las negras cuando repica el cuero, comisario, es propio de nuestra gente y como dijo el director, nos mantiene ocupados y así no nos volvemos locos con tantas necesidades.

—Sí, Narciso, el director tiene razón, sería echar más leña al fuego si publicamos estas verdades. Decía Carlos Marx que "La religión es el opio del pueblo", pero también un Papa como Juan Pablo II dijo que "La peor prisión es un corazón cerrado". Tanta habladera me dio sed, Pacheco, vamos a "La tercera base".

FIN.

PRINCIPIOS MORTALES

Carlos J. Gárate

PRINCIPIOS MORTALES

Capítulo I

La vida tiene un principio y un final, inexorablemente. El único ser vivo que está pendiente de la muerte es el hombre. Sabe que en algún momento va a dejar de existir, y como no tiene certeza de cuándo va a ocurrir es un tema que no abandona su pensamiento. Entonces, ¿qué hacer mientras estoy vivo? Una forma es ocuparse de ser feliz. Y la búsqueda de la felicidad tiene tantos significados y maneras como existen personas, a saber: amor, éxito profesional y económico, amistades, viajes, filantropía, servicio social, servicio público, actividades artísticas, musicales, culinarias, científicas entre otras tantas. Y para llevarlas a cabo se requiere preparación. Ahora bien, el proceso de formación de cada quien es diferente. En primer lugar, está la educación recibida en el hogar que va a depender de la conformación del núcleo familiar, de las creencias, de los principios y valores que la rigen, de la situación económica, del lugar de residencia y hasta del país. Y luego, cuando se incorpora a la educación formal-académica, si la institución es pública o privada, religiosa o laica, bilingüe, entre otras.

Ser un ciudadano ejemplar o un antisocial muchas veces no depende de la riqueza material, más influencia tienen los principios ético–morales que nuestros padres nos inculcan, el ejemplo que un hombre da a un niño o el de una madre a su hija son decisivos en su desarrollo psicosocial; a su vez, los maestros son bastiones en la formación de buenas costumbres.

La historia nos enseña la relación que mantuvo el maestro Simón Rodríguez con el Libertador Simón Bolívar, muchos afirman que el maestro, con sus enseñanzas, inyectó al alumno el suero que estimuló su lucha por la libertad.

Carlos Rodríguez se encuentra en el estudio de su casa, una habitación pequeña con un escritorio de madera, una silla ejecutiva ergonómica, una estantería para libros, buena iluminación y un equipo de informática que generalmente se encuentra apagado. Medita lo que ha sido su trabajo durante 30 años, realmente ha hecho el bien, los principios enseñados en el hogar han rendido frutos. Hoy, a punto de retirarse, está convencido de que le falta mucho por hacer, desde su juventud como alumno de la academia de la Policía Judicial ha enfrentado muchos obstáculos, pero el que hoy le preocupa más es el retiro.

Si le hubiesen dado a elegir en aquella época, se habría dedicado a otra profesión, pues en realidad quería ser biólogo marino, pero no tenía el dinero suficiente para seguir esa carrera.

La Policía Judicial ni siquiera era su plan "B", su amor por la ciencia y la naturaleza lo hicieron pensar en estudiar Medicina Veterinaria como segunda opción, pero esa facultad estaba en Maracay, en el estado Aragua, aún más lejos de la egregia ciudad de La Guaira.

Se inscribió en la Facultad de Ciencias de la Universidad Central de Venezuela, cursó cuatro semestres, pero los problemas económicos comenzaron a hacer mella; además, se dio cuenta de que, si seguía esa formación, probablemente terminaría como un maestro de escuela, pues había pocas opciones para realizar investigaciones, la mayoría dependían de fundaciones privadas o de la misma Universidad.

Así, al recordar a un vecino cuando estaba haciendo los trámites para ingresar a la PTJ, se puso a indagar y se enteró de la posibilidad de investigar en los laboratorios de Criminalística, ahí era donde se procesaban las evidencias para esclarecer delitos. No estaba muy convencido, pero el vecino le dijo de manera tajante: "Terminas la academia y tienes trabajo fijo de una vez", ese fue el motivo principal que impulsó al joven Carlos Rodríguez a ingresar a la academia policial.

Hacer algo útil para la comunidad le parecía ideal, además, trabajar en los laboratorios lo mantendría en la línea de las ciencias naturales; pero cuando egresó como detective su ubicación fue en una comisaría, trabajando casos en investigación policial, ese fue un gran choque para él. Hasta ese momento duraron sus aspiraciones de ser un "ratón de laboratorio", un mundo nuevo lleno de misterios, delitos e intriga, que no conocía, se abrió ante él. El inicio de una profesión dedicada a la lucha contra el crimen, a indagar, pesquisar y resolver los hechos delictivos que ocurren en la ciudad; ese universo, que solo conocía por películas detectivescas, era totalmente distinto a lo que esperaba.

La vida tiene un final, es cierto, pero, ¿para qué vamos a pasar el tiempo pensando en el final? Por ahora está presente la culminación de la labor profesional, aquella que aprendió a amar, aquel mundo que conoció por circunstancias difíciles de una época, ha ocupado más de la mitad de su vida. Ahí estaba, sentado en su escritorio, de las paredes colgaban muchos diplomas de reconocimientos y premios, también lo hacían algunas fotos de diferentes oficinas donde había laborado, recuerdos de una historia que parece llegar a su fin; en la biblioteca tenía muchos libros de diferentes temas como literatura, leyes, ciencias naturales, y en una repisa, una gran cantidad de agendas de diferentes años. Toma una del año 1988, al abrir la primera página estaba escrito su nombre, "Detective Carlos J Rodríguez", una de las primeras que utilizó en su trayectoria policial.

Comienza a hojear aquel diario, en la cubierta negra estaba escrito el año en letras doradas y las hojas que en alguna oportunidad fueron blancas, se ven amarillentas; muchas anotaciones le causan gracia, tal es el caso de una deuda de 50 bolívares que tenía con la caja de ahorros y todas las quincenas anotaba los 5 bolívares que le descontaban, otras le imponían un reto a la memoria al tratar de recordar un caso después de casi 30 años.

Al revisar, se detiene en una anotación que le trae mucha nostalgia, "Caso Piedra Blanca/occiso: Jonathan de 6 años de edad, herida por arma de fuego en la región occipital". Se reclina en la silla gerencial, su mirada fija en la pared, pero perdida en el momento. Comienza el proceso de regresión en el tiempo.

Varios niños jugaban a la orilla de una quebrada en el

barrio Piedra Blanca, sector Montesano del estado Vargas, a finales de la década de los 80; de repente, el niño Jonathan, de 6 años de edad, cae al cauce embaulado del riachuelo, los compañeritos avisan a los padres, quienes agobiados por el estado de su hijo lo trasladaron de urgencia al Hospital de Pariata y de allí al Hospital de Niños en la ciudad de Caracas; tres días dura la agonía del infante, hasta que muere. En una tomografía tomada a Jonathan se aprecia un cuerpo extraño alojado en la cabeza, al realizar la autopsia se extrae de la región cefálica una bala calibre 7.65; no fue un accidente, fue homicidio.

Los funcionarios de la comisaría de La Guaira son notificados del hecho, y de inmediato la Brigada B comienza a realizar las pesquisas, entrevistan a los niños, a los padres y a los vecinos; pero, lamentablemente, no aportaron nada, no escucharon disparos, ni vieron personas extrañas en el lugar. Los compañeritos, de manera inocente, le comentan al detective Rodríguez que ellos le arrojaban piedras a una iguana justo en el momento cuando Jonathan perdió el equilibrio y cayó a la quebrada.

El detective en búsqueda de esclarecer los hechos y ávido de obtener alguna pista, le solicitó apoyo al laboratorio de Criminalística de Caracas, cuyos expertos en planimetría y balística inmediatamente se apersonaron al sitio del suceso. Reconstruyeron la escena dramatizando la posible posición de la víctima al momento de caer. Realizaron las proyecciones planimétricas requeridas en función de lo narrado por los testigos presenciales. De acuerdo a los resultados y según su apreciación, la única opción es que el disparo debió venir del cerro aledaño.

Con apoyo de la policía uniformada, durante la noche

se realizaron varios operativos de ubicación y detención de personas que presentaran registros policiales, consumidores de drogas, vagos que no tenían trabajo y gente que no justificaba su presencia a esa hora en la zona del abordaje. El resultado, varios detenidos por posesión de estupefacientes y otros solicitados por diferentes delitos, pero ninguna información relacionada con la muerte de Jonathan. La prensa regional y nacional reseñaba la muerte del niño y hundían la ponzoña en el cuerpo de investigación con titulares descalificando su efectividad. "La PTJ no da respuesta por la muerte del niño", "Sin pistas la PTJ", "Ineficiencia policial en el caso de Jonathan".

La bala extraída del niño era la única pista que podía llevarnos hasta el asesino. El investigador dio la orden de hacer un censo a fin de ubicar a las personas que portaban armas en el sector. El primero en coincidir con el perfil de búsqueda fue un efectivo militar de la Guardia Nacional que vivía cerca del lugar de los hechos; además de su arma de reglamento, poseía una pistola calibre 7,65. —¡Lo tenemos! —dijo en voz alta uno del equipo de investigadores que llevaba varios días sin dormir y quien ya estaba casi desesperado por obtener alguna evidencia. La alegría duró poco.

Una vez entregada el arma sospechosa, se envió a los laboratorios de balística para hacer la correspondiente comparación con el proyectil extraído en la autopsia. Esa prueba consiste en determinar si el rayado helicoidal del interior del cañón, sea el mismo dejado en la bala cuando ésta es disparada. En el laboratorio se procede a efectuar un disparo de prueba con el arma en un tanque especial, ese proyectil de muestra se compara con el incriminado, analizándolo con el uso de un microscopio electrónico. Si el experto determina inequívocamente la coincidencia en el rayado, el resultado obtenido se certificará como positivo, lo que indica que ya se tiene el arma homicida. Luego de realizar este procedimiento con la pistola del guardia nacional, la conclusión fue "NEGATIVO", no era el arma que mató al niño, las estrías no coincidían.

Nuevamente el detective Rodríguez estaba en cero y con la preocupación de que nombraran a una comisión de la División de Homicidios de Caracas y le quitaran el caso, eso lastimaría su orgullo. Decidió volver al sitio del suceso, algo faltaba, una pregunta, un detalle que había pasado por alto. De nuevo recorrió la calle de arriba a abajo, pero no vio nada extraño; el calor lo abrumaba, su frente destilaba gotas de sudor, hace rato se había quitado la corbata, prenda obligatoria para un PTJ; la camisa empapada lo obligó a pedirle un vaso de agua a una señora que estaba asomada en una ventana, se lo tomó de un trago; sintió refrescar su cuerpo y la mente comenzó nuevamente a trabajar, le preguntó a la amable mujer si sabía del caso y esta le respondió lo que todo el mundo conocía de esa tragedia.

—Señora, desde ese momento, ¿no ha notado nada extraño?

—Nada, todo ha estado tranquilo, demasiado tranquilo más bien. Fíjese que los muchachos que jugaban pelota aquí, que a veces o dejaban dormir, ya no vienen desde que ocurrió la desgracia del niño. —Respondió la interrogada.

Una luz al final del túnel, los ojos del joven detective brillaron. Sin perder tiempo le preguntó a la amable mujer el paradero de los jóvenes que jugaban pelota.

Efectivamente, había un tablero de baloncesto que quedaba justo al lado de la casa de la mujer; todo era bulla y alboroto por los muchachos que desde la mañana hasta la noche jugaban en el lugar. Se ubicó a cinco adolescentes y se interrogó a cada uno; ellos, muy nerviosos, negaron saber algo del caso, hasta que Rodríguez se la juega, y asume una posición autoritaria y severa, les anuncia que "Por no haber delatado lo que sucedió, todos van a la cárcel y durarán varios años encerrados por cómplices; allí los esperan unos delincuentes muy agresivos que seguramente los van a violar y luego a matar", todo era terror psicológico. Su plan tuvo éxito, ya que los muchachos enseguida confesaron. Un sujeto apodado "Nino" llegó a donde ellos estaban jugando básquetbol, él era amigo de Luisito, un adolescente de catorce años. Al llegar, les mostró un arma, ellos comenzaron a decir que era de juguete, hasta que "Nino" los llevó a las escaleras y le dijo a Luisito que disparara al aire. El muchacho hizo el disparo, el sonido los ensordeció, "Nino" se retiró del lugar; al rato vieron pasar a unos señores cargando un niño desmayado.

Ese disparo, supuestamente al aire, describió una parábola y cayó en la cabeza de Jonathan, que inocentemente jugaba con sus amiguitos.

La Policía Judicial localizó a "Nino" y lo detuvo, recuperaron el arma; al realizar la experticia balística el resultado fue "POSITIVO" y el caso quedó resuelto.

El viejo pesquisa recordó cómo en sus primeros tiempos, siendo todavía joven en la PTJ, resolvió ese caso de una bala perdida que mató a un ser inocente.

Hoy todavía ocurren estas desgracias, en el mes de diciembre las personas que portan armas y algunos funcionarios irresponsables disparan al aire durante las fiestas de fin de año, siguen ocurriendo muertes por esa negligencia.

Se levantó de su silla y comenzó a detallar varias fotografías que estaban en la pared, casi todas eran grupales, de diferentes oficinas de la PTJ en toda Venezuela; miraba con nostalgia a sus ex compañeros de trabajo, algunos ya fallecidos, bien sea por causas naturales o en el cumplimento del deber; otros, los más jóvenes, habían renunciado a la carrera policial o se encontraban ejerciendo cargos de jefatura en diferentes regiones.

Nuevamente se sentó y tomó una agenda, repitió el proceso de hojear y recordar tantos casos importantes, anécdotas, una de ellas trata de la vez cuando aún estaba estudiando en la Academia de la PTJ para ascender a la jerarquía de Inspector, un día viernes, luego de clases, varios compañeros comenzaron a tomar licor. Uno de ellos se quedó dormido y sufrió una broma pesada, le raparon la mitad de la cabeza, una ceja y la mitad del bigote; ese compañero víctima del juego con el tiempo llegó a ser director de la institución.

Carlos Rodríguez sonreía y continuaba recordando su trayectoria en la Policía Judicial a través de las agendas o diarios, como lo llaman en algunos lugares. Estuvo un largo rato en el estudio; ya cansado, se levantó y se fue a dormir.

Capítulo II

Muy temprano, el comisario se levanta a caminar, ya no es el trote constante al que estaba acostumbrado, solo caminar; observa la urbe caraqueña, una selva de cemento, personas que antes de salir el sol ya luchan por un lugar en el transporte público. Un señor entrado en años, con la frente llena de arrugas y con paso cansado, ofrece a los transeúntes el popular "cafecito" mañanero; su negocio es muy sencillo, una carrucha con tres termos y dos paquetes de vasos desechables. Rodríguez medita: "Ese señor debe tener setenta años, y aún trabaja como vendedor ambulante, no es justo. ¿Será que se portó mal con los hijos o será que no tiene familia?", piensa que a esa edad no debería realizar ese trabajo.

Los pensamientos sobre su retiro no lo abandonan, llega a la oficina de Investigaciones Nacionales, es el jefe; este cargo coordina las diferentes oficinas de la PTJ en el ámbito nacional, recibe las novedades de todo el país, las más importantes las comunica al Director Nacional. Esa mañana hay un caso que le llama la atención, al leer la prensa, observa una foto donde se aprecia que varios vecinos en Cúa, en el estado Miranda, tienen pancartas pidiendo que aparezca la señora "RAQUEL". Hace una llamada a la Sub Delegación de los

Valles del Tuy y pide todos los por menores del caso.

La señora Raquel Peña, de cuarenta y cinco años de edad, piel blanca, ojos y cabello negro, cara ovalada, con una nariz perfilada, de mediana estatura, viuda, madre de una adolescente de quince años y un niño de ocho; desapareció un sábado sin previo aviso y dejó abandonados a sus dos hijos. Los vecinos comenzaron una búsqueda sin obtener resultados; era muy extraño, la señora era una persona muy seria, con carácter fuerte, enemiga de los relajos y bochinches. Era la administradora en una empresa de la construcción.

Como sucede en estos casos, se esperan cuarenta y ocho horas para empezar a realizar las investigaciones de rigor, pero los detectives de Ocumare del Tuy le dieron poca importancia, esperaban que, "de un momento a otro, apareciera en su hogar, manifestando que se había ido de viaje y se le olvidó avisar".

Casualmente, el comisario Carlos Rodríguez esa semana tenía que ir a los Valles del Tuy, pasar por Ocumare y supervisar los avances de la nueva estructura que serviría de sede para la Sub Delegación, que funcionaba en una edificación vieja y poco segura; ya los bomberos habían señalado la necesidad de desalojar la vieja casa por seguridad de los funcionarios, detenidos y público en general.

Luego de observar los avances de la obra, de hablar con el ingeniero residente y tomar algunas fotos para su informe, fue invitado a almorzar por un viejo amigo, el comisario Wilfredo Carrasco, un hombre jocoso e informal; pero trabajador incansable y compañero incondicional.

El tema de sobremesa no fue la construcción de la nueva sede, sino la desaparición de Raquel Peña; los dos amigos hablaron sobre el caso y Carrasco le decía que no tenían pista. Habían visitado los hospitales, la morgue y las jefaturas de policía; pero no aparecía ni enferma, ni fallecida. Se había solicitado información a migración a fin de saber si había salido del país. La fotografía de Raquel había sido enviada con una circular a todas las comisarías y delegaciones de la PTJ, pero hasta ahora no tenían respuesta.

—Wilfredo, estás trabajando el caso como una persona desaparecida, no has pensado que podemos estar en presencia de un homicidio. —Opinó Rodríguez.

—Tiene razón, comisario, pero como no tenemos el cadáver, hasta ahora sigue siendo persona desaparecida.

Luego del almuerzo, se dirigió con su colega y amigo a la oficina donde funciona la jefatura de la Sub Delegación policial; una linda muchacha, morena, delgada, de cabellos castaños que le llegaban a la cadera; con ojos negro azabache y una sonrisa a flor de labios, quien ejercía las funciones de secretaria, le ofreció un aromático café.

—Wilfredo, ¿podrías ordenar que traigan el expediente de Raquel?, es que tengo curiosidad por ese caso, y así aprovecho y ejercito un poco la mente, ya que hacer trabajos administrativos me ponen fuera de forma en la investigación criminal.

El comisario Carrasco, jefe de la Sub Delegación, de inmediato levantó el auricular de su teléfono y ordenó a su interlocutor que llevara a su oficina el expediente de la señora desaparecida.

No contaba con muchos folios, en realidad había una denuncia de una hermana, un retrato de la señora y las declaraciones del Gerente de la empresa donde ella laboraba, donde manifestaba que Raquel había faltado toda la semana a su trabajo, algo que nunca había hecho. Lo demás, eran recaudos y actas de investigación citando a las últimas personas que vieron a la señora.

Una agenda del año en curso estaba sin estrenar, Rodríguez anotó el número de expediente, anotó la fecha, datos de la presunta víctima y el teléfono de la denunciante; de repente, hizo una pausa y se puso a pensar en los viejos tiempos, cuando la agenda era la herramienta fundamental para el detective, nuevamente repetía en su cabeza, "Más vale lápiz corto que memoria larga". La historia de un PTJ queda plasmada en los diarios que se llevan; cada año una agenda nueva, cada año retos nuevos por enfrentar. Siguió escribiendo la dirección y la profesión, hasta que le dijo al comisario Carrasco:

—Llamé al Director, Wilfredo, le dije que iba a estar unos días aquí porque había unos detalles en la construcción que necesito aclarar; pero en realidad, si no te molesta, voy a trabajar este caso. La verdad es que estar en la oficina en Caracas ya me tiene cansado, el trabajo administrativo es necesario, pero es muy rutinario.

—No hay problema, comisario, lo que necesite, aquí se lo suministro; se puede quedar en mi oficina trabajando, veremos a dónde nos lleva este caso.

—Gracias, lo voy a trabajar como un homicidio. Voy a la casa a hacer una inspección, pues nadie vio salir a la señora de allí, ese es el último sitio conocido donde ella estuvo; así hablo con sus hijos. Necesito un detective que conozca la jurisdicción.

Así fue como el comisario Carlos Rodríguez, apasionado por la investigación, comenzó un nuevo caso, aparentemente sin importancia; pero no era el hecho, sino la necesidad de volver a su trabajo, pesquisar y construir hipótesis, esclarecer el enigma, sentirse detective una vez más; quizá la última y él lo sabía.

Contactó a la hermana de Raquel. Ella era una dama de unos treinta y ocho años, muy parecida a la desaparecida, pero más delgada y de apariencia moderna; vestía *jeans* rotos y blusa ajustada. Tenía un solo hijo y trabajaba como gerente en el seguro social, vivía en un apartamento, también en la población de Cúa; estaba desde hace una semana a cargo de sus sobrinos. Llevó las llaves de la casa y entraron.

Era una vivienda grande, con paredes altas que permitían que el interior estuviera fresco; estaba pintada de colores claros y grises, tenía una cocina con artefactos antiguos, pero muy bien ordenada y limpia; la puerta trasera daba a un patio donde había un jardín en el que convivían plantas decorativas con plantas frutales, tales como lechosa, limón, aguacate y mango; todo esto separado de la calle por una tapia alta. Todo parecía normal.

La primera pregunta que hizo Rodríguez fue sobre las llaves y sobre si había otra forma de entrar al inmueble. Luego pasó a la habitación de la señora, aparentemente, toda la ropa y zapatos estaban allí, al igual que la cartera con sus documentos; no se localizó ninguna carta explicativa y su teléfono celular también estaba allí. Luego de hacer la inspección ocular y tomar diferentes fotografías, colectaron varias evidencias tales como: el teléfono celular, una agenda de notas y direcciones; una libreta y una chequera de banco. Luego se retiraron del lugar.

De regreso a la oficina, le comentaba al comisario Carrasco lo que pudo observar.

—Hermano, hay algo raro en ese caso, esta persona no pudo haberse ido por voluntad propia, pues no se llevó ropa ni documentos, ¿quién va de viaje una semana y no se lleva muda de ropa? Las llaves estaban en la casa, es decir, esta persona pensaba regresar el mismo día; su teléfono celular lo dejó, lo que me dice que no pudo ir muy lejos antes de que desapareciera. Técnicamente no es un secuestro, porque no han pedido rescate, pero sabemos también que la señora no tiene bienes de fortuna. Vamos a analizar las llamadas entrantes y salientes del móvil celular de la desaparecida y allí veremos.

Capítulo III

Durante dos días Rodríguez estudió detalladamente la vida de Raquel, habló con sus familiares, amigos y compañeros de trabajo, lógicamente, y como suele suceder cuando una persona atraviesa una calamidad, se enferma gravemente o muere; las personas destacan sus atributos positivos y obvian muchas veces los negativos. Por intermedio de estas entrevistas, se fue creando un perfil de la víctima, que fue descifrado entre líneas por el viejo pesquisa. Luego de la muerte de su marido, Raquel se convirtió en mamá y papá de sus hijos; además, era la hermana matriarca. En su trabajo la tenían por muy conservadora y respetuosa de los convencionalismos sociales.

Raquel Josefina Peña Romero, hija mayor, con dos hermanos, una hembra y un varón; quien se encuentra fuera del país por motivos laborales. Nació en la Maternidad Concepción Palacios, en la parroquia San Juan de Caracas; vivió con sus abuelos hasta la adolescencia, luego sus padres se mudaron a la populosa parroquia de San Agustín; terminó sus estudios de bachillerato y fue aceptada para cursar estudios en el Instituto Universitario Pedagógico de Caracas, en el área de castellano y literatura. Durante dos años llevó la vida normal de una Universitaria, hasta que su papá falleció víctima de un cáncer en la próstata, lo que obligó a la joven Raquel, por ser la mayor, a buscar trabajo, ya que su madre dedicó toda su vida al trabajo del hogar.

Su primer trabajo fue en una franquicia muy famosa de comida rápida, donde cumplía medio turno, de modo que pudiera continuar estudiando, pero el sueldo no era suficiente para costear el hogar; escuchó de una compañera de trabajo que luego de la jornada laboral, hacía un curso de auxiliar bancario en el Instituto Nacional de Cooperación Educativa, conocido por sus siglas como INCE; para ese entonces, los sueldos y beneficios de la banca eran mayores, por lo tanto, decidió paralizar los estudios en el Pedagógico de Caracas y realizar ese rápido entrenamiento que consistía en doscientas horas de preparación, repartidas en tres meses, para luego tener un empleo con mayores ingresos.

Raquel Peña, con algo de sacrificio, pasó de vendedora de hamburguesas a cajera de una entidad bancaria; por su disciplina y seriedad alcanzó ser cajera principal, contrajo nupcias con un profesor de secundaria, a quién había conocido cuando estudió en el Pedagógico de Caracas; con los beneficios de ambos compraron una casa en los Valles del Tuy, conocida como una de las ciudades dormitorio de Caracas.

Tuvieron dos hijos, una niña llamada Cristina y un varón de nombre Manuel, como su padre. Todo marchaba bien, con una vida modesta, sin muchas privaciones, hasta que una mañana, cuando los esposos se trasladaban a sus respectivos trabajos en un autobús, se produce un asalto; dos jóvenes que portaban pistolas sometieron a los pasajeros; estaban muy nerviosos y cuando le trataron de quitar el maletín a Manuel, opuso resistencia y recibió un tiro. Raquel estaba junto a él paralizada del terror; fue trasladado al hospital, pero a las pocas horas murió.

La experiencia fue tan traumática que Raquel tardó meses en recuperarse. Al regresar al trabajo, solicitó su transferencia a Ocumare del Tuy, ya que viajar todos los días en transporte público le alteraba los nervios, pues siempre revivía la escena del robo y muerte de su esposo. Su solicitud fue negada debido a que no había vacantes para cubrir, fue entonces cuando tomó la decisión de renunciar y buscar otro trabajo en su localidad; fue contratada por una empresa de construcción, en el departamento de administración, materia que manejaba muy bien por la experiencia en el área de la banca privada.

Raquel no volvió a casarse, sus hijos, quienes fueron afectados por el homicidio de su padre, dejaron de recibir el afecto y cariño de un hogar, pues la madre se volvió más estricta y manejaba su casa con normas inquebrantables como cuándo debían ir a dormir, cuándo limpiar; además, no permitía el uso de la computadora, a menos que fuese para las tareas escolares. Cristina, la hija mayor, al pasar de niña a adolescente, sintió que estaba prisionera; no compartía con sus compañeros del liceo, no iba a reuniones de familia, y a pesar de que su tía muchas veces la invitaba los fines de semana para que la pasara con sus primos, Raquel siempre objetaba esos encuentros alegando la obligación de ella de estudiar.

Manuelito le pedía a su mamá que lo llevara al parque o al zoológico, le decía que quería practicar béisbol como sus compañeritos de la escuela, pero la madre se negaba y con una severa reprimenda ahogaba las aspiraciones del niño.

Todo lo demás parecía normal, en el trabajo no tenía e-
nemigos, al contrario, era muy respetada debido a su seriedad
y disciplina que no se relajaba en ningún momento, ni el día
de su cumpleaños, cuando sus compañeros le organizaron una
fiesta sorpresa; le costaba mucho sonreír, así era Raquel.

Capítulo IV

Carlos Rodríguez, decidió regresar a Caracas, aún no tenía una pista clara, la desaparecida aparentemente no tenía enemigos, no había motivos, al contrario, era una mujer muy reservada y severa que no se permitía relajos; cada vez se volvía más interesante el caso. El comisario debía firmar algunas comunicaciones en su oficina e informar al director los avances de la obra en Ocumare del Tuy, además de buscar ropa.

Esa noche en su estudio meditó sobre la triste historia que vivió Raquel; anotó como prioridad en su agenda ir retirar la experticia que le realizaron al teléfono de la víctima, además de revisar los movimientos bancarios. Colocó su diario en la misma repisa donde estaban otros tantos de años anteriores, y pensó "La mejor arma de un detective es un lápiz y una agenda". Luego se acostó y se quedó dormido.

Al día siguiente, muy temprano, salió a caminar como de costumbre, regresó, se dio una ducha, se arregló y se fue a trabajar; antes de llegar a su oficina, pasó por la División de Homicidios y saludó al jefe, su gran amigo, el ahora comisario, Narciso Pacheco.

—¿Cómo estás, Narciso? Ya se acercan los cangrejos, ¿será que lo vuelve a ganar Homicidios este año?

El Cangrejo de Oro es un premio que da la PTJ al mejor caso resuelto en el año; la División de Homicidios tiene el récord de más galardones recibidos, por eso Pacheco le contesta con una voz muy optimista a su jefe:

—Gusto en verlo, comisario Rodríguez, pues sí, hay varios casos que voy a tomar en cuenta para enviarlos al concurso; pero por ahí me dijo un pajarito que usted está trabajando un caso de personas desaparecidas, como para no perder la forma, dirían los atletas.

—¡Cónchale, vale! ¡Ese Carrasco si es chismoso, no se pudo quedar callado! Yo solo estoy inspeccionando las obras de la nueva Sub Delegación de Ocumare del Tuy, y para no perder el tiempo, lo estoy ayudando en un casito de una señora que se desapareció; a propósito, uno de tus muchachos me estaba analizando una telefonía, ¿será que ya me la tiene lista?

—Seguro, superior, ya se la ubico. —Respondió Pacheco, quién se mostraba muy complacido por la visita de su apreciado amigo.

El resultado no aportó nada nuevo a la investigación, las últimas llamadas habían sido desde su trabajo a su casa, no había algo relevante en el comportamiento del registro telefónico de la víctima. Se despidió de Pacheco y le preguntó si tenía algo urgente para la tarde, este le respondió que nada; entonces le hizo la invitación para el bar llamado popularmente "La tercera base".

El vetusto pesquisa se quedó un momento pensativo, "¿será que ya he perdido mis cualidades?, ya no puedo observar lo obvio", siguió luchando en su interior hasta que llegó a su oficina, se sentó y la amable secretaria le ofreció una taza de café; la tarde transcurrió entre firmas y llamadas de toda Venezuela donde reportaban las novedades, al final de la jornada llamó al director y le dio un resumen.

Saliendo de su despacho, Carlos Rodríguez llamó al jefe de Homicidios, su amigo de mil batallas, Narciso Pacheco, y se reunieron en el restaurante. Luego de ordenar las correspondientes cervezas, comienza la tertulia entre los dos policías de investigación criminal.

—Narciso, ¿secuestrarían a alguien que no tiene dinero?

—No, a menos que la contra prestación no sea económica.

—Sí, Narciso, sabemos que alguien puede secuestrar a otra persona para que haga algo en contra de su voluntad, sería una contra prestación distinta al dinero, pero el caso de la señora desaparecida en Ocumare del Tuy no tiene estos elementos; para mí, ella está muerta, pero no tengo el cuerpo, ni el motivo, ni algún sospechoso, prácticamente no tengo nada para plantear una línea de investigación.

—Comisario, usted, siempre tiene un As bajo la manga, no creo que esté en cero. —Respondió Pacheco.

Los amigos pasaron un buen rato hablando de temas diferentes: política, economía y deporte; ambos eran fanáticos de equipo de béisbol "Navegantes del Magallanes" y comentaban la serie con sus eternos rivales, "Leones del Caracas"; tomaron y cenaron hasta que se despidieron, y el jefe de Homicidios, en forma jocosa, le dijo al comisario Rodríguez:

—Comisario, saque ese casito de la señora desaparecida y mándelo al Cangrejo, para que compita con los que va a mandar Homicidios. ¡ja, ja, ja!, ya que no tenemos rivales, de seguro ganamos de nuevo.

Una vez más, la negra noche tendió su manto. En el estudio de su casa, el Jefe de Investigaciones Nacionales de la PTJ repasaba las anotaciones en su agenda, fue cuando cayó en cuenta que no había revisado los movimientos de las cuentas; estaba casi seguro que no había motivación económica, pero todo buen pesquisa revisa hasta la última evidencia. Allí en su agenda estaba anotada la solicitud de movimientos bancarios y casi lo olvida. "Por eso digo, más vale lápiz corto que memoria larga", pensaba.

Al día siguiente se trasladó a los Valles del Tuy, llegó a la Sub Delegación de Ocumare y habló con su amigo, el comisario Carrasco, quien le suministró la relación de los movimientos bancarios, además le dijo haberla revisado con antelación, y no encontró nada anormal, solo pagos y transferencias para los servicios básicos. No obstante, Rodríguez la observó detalladamente, hasta que se detuvo al final de las filas y le dijo a su compañero:

—Wilfredo, ¿viste esto?, bloquearon la clave tres días después de la desaparición, ¿quién lo habrá hecho?

—De seguro la hermana, para que nadie movilice el dinero mientras aparece la señora o se consigue el cadáver, nunca se sabe quién se puede aprovechar del dinero de un muerto. —Respondió Carrasco.

—No, según este movimiento, el bloqueo viene por haber intentado en tres oportunidades acceder a la cuenta, ¿no te parece extraño? —Le repuso Rodríguez.

Esa misma tarde entrevistó nuevamente a la hermana de Raquel y le hizo el comentario acerca del bloqueo de la cuenta; pero ella desconocía de ese hecho, así que le respondió que su hermana era muy celosa con sus cosas y nadie sabía las claves, ni siquiera sus hijos.

El comisario solicitó el apoyo al Departamento de Informática, quienes luego de hacer las comparaciones y revisar las trazas de las operaciones, determinaron que el bloqueo lo habían hecho de un aparato móvil, probablemente un celular; pero pensó que, si el celular de la víctima estaba resguardado en la Sub Delegación, entonces algún detective nuevo lo pudo utilizar; así que le preguntó a Carrasco, pero él le dijo que era imposible, pues las evidencias las tenía en su oficina.

Nuevamente llamó a la hermana de Raquel y le preguntó ¿qué equipo electrónico utilizaba la víctima para hacer las transacciones?, la respuesta fue que usaba una computadora, el teléfono celular y una tableta.

Se trasladó a la casa con un experto en informática a fin de revisar la computadora que estaba en una mesa, ya había revisado el teléfono celular y ninguno de estos objetos había sido utilizado para bloquear la cuenta de Raquel.

Preguntó por la tableta (*tablet*, en inglés), que es una computadora portátil de mayor tamaño que un teléfono, con una pantalla táctil. Cuando la hermana fue a buscar el dispositivo, no lo encontró y le dijo al comisario que lo más probable es que los niños la tuviesen; pero tampoco se localizó en poder de los hijos de Raquel.

"Donde esté ese dispositivo, estará la aclaratoria del caso", pensaba el pesquisa. Por lo tanto, ya tenía algo que buscar. Hasta ese entonces, no se había entrevistado con los hijos de Raquel porque no lo había considerado conveniente, pero ellos podrían saber dónde estaba la tableta.

En el apartamento de la hermana de Raquel, se entrevistó con el niño de ocho años. "Manuelito", como lo conocía, era vivaracho, algo obeso, de cabellos ensortijados y cachetes colorados por estar corriendo; se mostraba esquivo y repetía que no sabía nada sobre el paradero de su mamá y tampoco de la tableta, pues le prohibía tocarla. Luego habló con Cristina, ya una señorita de quince años, moza atractiva, blanca como su madre, cabellos negros que llegaban hasta la cintura, algunas pecas en la cara. Estaba muy nerviosa, a todo respondía que no; al policía le llamaron la atención unas marcas que tenía Cristina en los brazos, como si la hubiesen sujetado muy fuerte, por lo que le preguntó cómo se lo había hecho, pero la adolescente se rehusó a contestar.

Habló con la hermana de la señora desaparecida, pero esta vez le preguntó el trato que tenía su hermana con sus hijos. Ella le contestó explicándole referente a lo fuerte de su carácter, pero no los golpeaba, sus castigos eran dejarlos en sus habitaciones sin ver televisión.

"Si encuentro esa tableta, tendré algo, pero, ¿dónde está?", pensaba. Llamó a informática y le comentaron que ese dispositivo funciona también como teléfono y que le habían activado una línea. En menos de media hora ya tenía el nombre y la dirección de la persona que activó la línea en la tableta, Rodríguez se hizo acompañar por Carrasco y dos detectives. Una vez en la dirección, se entrevistaron con Juan González, persona que había comprado el chip a la operadora de telefonía.

Era una familia normal, el señor Juan González, trabajador del metro de Caracas, vivía con su esposa y tres hijos, entre ellos, un joven de catorce años de nombre Santiago, quién estaba utilizando la Tableta.

Capítulo V

La conversación duró aproximadamente cuarenta y cinco minutos, el adolescente, muy nervioso, le comentó que la tableta se la había regalado Cristina, cuando la encendió había un sitio web abierto, era el banco donde guardaba su dinero la señora Raquel, la curiosidad, o quizás la tentación, lo llevaron a intentar entrar en la cuenta en tres oportunidades, y el sistema bloqueó la clave.

Cuando se le preguntó por qué motivo la hija de la víctima le había reglado la tableta, él joven se quedó mudo y no supo qué responder. Los padres se pusieron nerviosos y le dijeron al comisario que ya estaba bien, que ellos hablarían con su hijo. Para evitar complicaciones, la comisión se retiró de la casa de la familia González.

No es fácil trabajar con niños y adolescentes, en Venezuela existen leyes que protegen su integridad, todo lo que atente contra el desarrollo psico-social del joven debe evitarse, por eso es tan delicado un interrogatorio a un menor de edad; en esos casos debe estar presente un representante del Ministerio Público, especialista en la materia.

Al día siguiente en la mañana, llamó al señor González

y le preguntó si había hablado con su hijo. Le respondió afirmativamente, y él le aseguró que no se había robado nada de la casa. La tableta se la había regalado la hija de Raquel, quien también le regaló otras cosas a un muchacho de nombre Julio Flores y a su novio, Jonathan Blanco.

¿Por qué la hija de Raquel regaló varias cosas de su mamá? Esa pregunta daba vueltas en la mente del comisario. Con ayuda de Carrasco ubicó a los otros dos muchachos, uno de quince años, Julio y otro de diecisiete años, Jonathan, quien es el novio de Cristina. Al policía le pareció extraño, pues según el perfil de la persona desaparecida, no aprobaba la asistencia de su hija a reuniones y mucho menos, tuviese novio.

Solicitó el apoyo de una fiscal en materia de niños, niñas y adolescentes, y fueron citados los dos hijos de Raquel, además de Julio y Jonathan.

Uno a uno fueron interrogados, primero el inocente Manuel, que no aportó mucho, solo que lo encerraron en un cuarto y lo dejaron jugando videos juegos; los tres adolescentes coincidieron en que hubo una gran discusión porque la señora Raquel se enteró ese día de que Cristina tenía novio, ya que Jonathan le fue a pedir permiso para llevar a la muchacha a una fiesta de graduación. Luego se retiraron del lugar.

Cristina estaba inmutable, con una mirada fija que parecía ausente del lugar; nunca colaboró ni explicó las lesiones que tenía en el brazo, ni por qué regaló varios objetos de su madre, entre los cuales estaban: la tableta, un reloj y un reproductor de películas.

El fiscal del Ministerio Público le indicó a Rodríguez que ya el interrogatorio había finalizado, que por el bienestar de los muchachos no se iba a continuar, pues estaba claro que ellos no hurtaron nada.

—No se preocupe, fiscal, ya tengo una idea de lo sucedido, ahora toca demostrarlo.

Nuevamente, las habilidades del interrogador que durante años había puesto en práctica para descubrir diferentes delitos, habían dado resultado. Tomó la agenda y escribió: "Falta el cadáver para demostrar mi teoría". Cerró la agenda y conversó largamente con su amigo, el comisario Wilfredo Carrasco, luego caminó hacia la obra en construcción y manifestó a viva voz a su compañero:

—El caso de la desaparecida lo voy a resolver, pero a lo mejor no me alcance el tiempo en la policía para ver concluido este edificio y que la PTJ de Ocumare del Tuy tenga una sede moderna, creo que me van a jubilar y no voy a estar en la inauguración.

Esa misma tarde un equipo de Criminalística, llegado de Caracas, se trasladó a la casa de Raquel Peña. Esperaron hasta el atardecer y utilizaron un método denominado luminol, que es un derivado del ácido ftálico que exhibe quimioluminiscencia, y se utiliza para detectar manchas de sangre, ya que el luminol produce luz al oxidarse, y la hemoglobina que contiene la sangre actúa como catalizador.

De inmediato, en el área del comedor y el baño, tanto en el piso, como en las paredes, se apreciaba la quimioluminiscencia; señal de orientación para la presencia de sangre.

La funcionaria encargada del procedimiento, quien tenía la jerarquía de Inspector, de inmediato se dirigió a Rodríguez.

—Comisario, esto parece la sala de un matadero municipal. Positivo en todos lados, se observan manchas de arrastre, salpicadura y caída libre.

—¡Bingo! Gracias, inspector. —Ya el sabueso estaba en la carrera por la presa, pero aún faltaba el cuerpo. Salió al jardín, había caído la noche y una brisa fresca le acariciaba la cara; realizó un recorrido por el lugar, esta vez no buscaba posibles entradas, buscaba otra cosa.

—Comisario Carrasco, necesito que llame a los bomberos, que traigan pico, palas y luces que la noche va a ser muy larga. —Dicho esto, y sin pedir explicaciones, se realizaron varias llamadas, y en menos de media hora ya estaba una brigada de bomberos a la orden del veterano investigador.

Capítulo VI

La hermana de Raquel todavía no entendía lo que estaba pasando. Una hora después, el comisario Carrasco llamaba a un equipo de Medicina Forense y a otro de Inspecciones Oculares. La luz intensa de los reflectores apuntaba a la tierra, donde habían ordenado excavar, y donde quedó al descubierto un cuerpo que ya estaba en avanzado estado de putrefacción; era de sexo femenino, cabellos largos y uñas pintadas; el cuerpo ya era presa de los gusanos.

—Bien, Carrasco, aquí está el cuerpo, estamos en presencia de un homicidio; vamos a llamar nuevamente al fiscal en materia de niños, niñas y adolescentes, que ya hay elementos de pruebas.

Ese jardín, un día fue el edén testigo de la creación de plantas ornamentales y frutales, así como también de la vida de dos hermosos hijos rodeados de juguetes, de piscina, en el que disfrutaron del sol y la lluvia, donde rieron y lloraron tantas veces. Hoy en un llanto desesperado e inimaginable estaba el cadáver desenterrado de Raquel Peña, con una data de la muerte de aproximadamente diez días, según el médico que la examinó en la morgue; se apreciaron heridas punzo cortantes en el abdomen, en los costados, cuello y espalda; enterrados en el jardín también se localizaron dos cuchillos envueltos en una franela pequeña; los cuales tenían costras que resultaron ser sangre.

Se solicitaron a través del fiscal tres órdenes de allanamiento, correspondientes a cada una de las casas de los amigos de Cristina, a saber: Santiago, Julio y Jonathan. Los padres, que al principio opusieron resistencia, no tuvieron otra alternativa que dejar que la policía revisara; se localizaron prendas de vestir y zapatos, que posteriormente fueron llevados a los laboratorios de criminalística.

Una vez en la oficina de Ocumare del Tuy, los comisarios Rodríguez y Carrasco, el fiscal del Ministerio Público y la hermana de Raquel se reunieron con Cristina, para darle una triste noticia: Encontraron el cadáver de su madre. La jovencita no se alteró y se quedó en un profundo silencio. Entonces, habló Carlos Rodríguez:

—Cristina, tu mamá apareció muerta, pero eso ya tú lo sabías, por lo tanto, no te sorprende, ¿cuéntanos qué pasó?

La quinceañera no pudo aguantar más tanta presión y comenzó a llorar, se refugió en los brazos de su tía, quién la abrazó fuertemente, y entre gemidos y ahogos, comenzó a contar lo sucedido.

La joven en varias oportunidades había solicitado a su madre que la dejara compartir con sus amigos de estudio, pero nunca obtuvo respuesta; cumplió quince años y su sueño era una fiesta como la de sus amiguitas, pero la madre solo le compró un pastel e íntimamente lo celebró. Desde que mataron a su padre, Raquel se volvió muy severa en la crianza de los dos niños.

La joven se enamoró de un muchacho que estudiaba el último año de secundaria, de nombre Jonathan. Al él le contaba todas sus frustraciones con su madre, ella se trataba de arreglarse y ponerse bonita para que su enamorado la viera, pero su mamá de inmediato sospechaba algo y le mandaba a cambiar la ropa, el peinado; también le prohibía que usara perfumes y que se pintara los labios. Había una fiesta pro fondos de graduación de su novio y todos estaban muy entusiasmados, pero Cristina tenía miedo de conversar con su mamá, porque sabía que no le iba a dar el permiso; en un arranque de ira le dijo a su novio que para seguir así es mejor que a su mamá la matara un carro, y así sería libre. En otra oportunidad, le comentó a Jonathan que ella hubiese preferido, que muriera su mamá en el asalto al autobús cuando lamentablemente murió su papá.

El novio comenzó a preguntarle a Cristina si en verdad ella quería que su mamá muriera, y la adolescente frustrada le decía que sí. Fue entonces que elaboraron un plan. Cristina iba a presentar a Jonathan como su novio, quien le iba a pedir permiso para llevarla a la fiesta, si ella lo aceptaba, todo queda así; pero si se negaba, la matarían.

Llegó el momento, la señora acababa de llegar del trabajo, se cambió de ropa y salió a la sala; allí estaban dos compañeros de Cristina: Santiago y Julio; pero también estaba Jonathan, de inmediato preguntó qué hacían en su casa. Cuando el novio iba a hablar, Raquel no lo dejó y comenzó a gritarle a su hija.

La sujetó violentamente de los brazos y la sacudió como si fuera una muñeca; le gritó a los muchachos que salieran de su casa, pero en eso Jonathan agarró un cuchillo de la cocina y cortó a la señora en la espalda, fue ahí cuando soltó a Cristina, quién también buscó otro cuchillo y apuñaló a su mamá en el abdomen y en el cuello, mientras que Jonathan le tapaba la boca para que no gritara, hasta que dejó de moverse.

Manuelito no se enteró por encontrarse muy entretenido con su video juego encerrado en su cuarto y solo le extrañó que su mamá no entrara a decirle que ya estaba bien de jugar y lo mandara a estudiar.

Luego buscaron unas palas, y entre los cuatro enterraron el cuerpo de la mujer en el jardín, pusieron cuidado en arreglar todo; por su parte, Cristina se puso a limpiar con detergente hasta la última mancha de sangre. Para contar con el silencio de sus amigos, le regaló la tableta a Santiago, un reproductor de videos a Julio y un reloj a Jonathan.

Ningún vecino se pudo imaginar este hecho, los familiares solo pensaban que alguien había secuestrado a Raquel y que sus hijos habían quedado indefensos. Los funcionarios que recibieron la denuncia trataron el caso como una persona desaparecida más, alguien que regresaría a su hogar luego de tres días de fiesta. ¿Qué sospecha podrían tener de su hija adolescente a quién ella constantemente le estaba inculcando disciplina y buenos principios?

Todo hubiese pasado desapercibido, si el comisario Carlos Rodríguez, no se percata del pequeño detalle del bloqueo de la clave bancaria de Raquel Peña. Un detalle que no parecía trascendente y cualquier buen investigador lo obvia.

Los cuatro adolescentes quedaron a la orden del fiscal en materia de niños, niñas y adolescentes; las experticias practicadas a sus prendas de vestir dieron positiva con presencia de sangre; la franela que servía de envoltorio a los cuchillos resultó ser de Cristina; todos admitieron su participación en los hechos.

Al día siguiente, en la jefatura de la Sub Delegación de Ocumare del Tuy, Rodríguez y Carrasco comentan el desenlace del caso, todavía no salían de su asombro, pero como los victimarios eran todos adolescentes, mantuvieron el esclarecimiento del hecho alejado de los medios de comunicación, ya que la ley venezolana prohíbe cualquier tipo de publicidad cuando se trata de menores de edad.

—Es increíble, comisario, cómo una hija puede matar a su madre porque no la deja ir a una fiesta, ¿en qué mundo estamos viviendo? —Manifestó Carrasco.

—Wilfredo, amigo, este caso no será conocido en Venezuela porque no le podemos dar publicidad, pero luego de estudiar el perfil psicológico de la madre, me doy cuenta de que era una señora frustrada, con un gran trauma en su vida del cual nunca se repuso, la muerte de su marido. El difunto señor Manuel era el equilibrio en la familia, ya que le brindaba afecto y cariño a los niños, los consentía; mientras que Raquel era la mano fuerte que impartía disciplina.

Al faltar Manuel, el hogar se hace disfuncional; falta la presencia del padre, en ese caso en particular, del hombre amoroso y cariñoso con sus hijos; en su lugar, quedó a cargo una madre que se traumatizó por vivir una experiencia tan abyecta, como lo fue la muerte de su pareja. Pensó que ser severa con sus hijos los mantendría alejados de la maldad que existe en el mundo, pero se le pasó la mano con la disciplina, los castigos y las limitaciones.

Cristina entró en una edad muy difícil, la adolescencia. Todos hemos pasado por esa etapa de rebeldía, queremos que nos acepten en grupos; para ellos, si no estamos a la moda, somos objetos de burla; así que buscamos ser aceptados y realizamos cosas que a veces no nos gustan, como tomar licor, consumir drogas, escaparnos a las fiestas o no entrar a clases. Es ahí donde los padres deben convertirse en psicólogos y saber aplicar las reglas de premio y castigo. Bueno, a Cristina solo le aplicaban el castigo, nada de premios.

Los padres debemos conversar mucho con nuestros hijos, la madre debe dejar de ser madre, para convertirse en amiga de su muchacha; los hombres, dar el ejemplo a los varones, hablarles de sexo, drogas, de responsabilidades y hasta de enfermedades venéreas. No hay fórmula mágica para superar la pubertad, pero debemos entender que se producen cambios y ya no tenemos niños, sino jóvenes deseando comerse el mundo.

Capítulo VII

Era lunes por la mañana, el Jefe Nacional de Investigaciones Penales de la PTJ, entraba al edificio de Parque Carabobo; antes de subir a su oficina, pasó por el despacho de Homicidios. En la recepción todos se levantaron al ver entrar a un funcionario de alta jerarquía. Carlos Rodríguez preguntó por su amigo Narciso Pacheco, de inmediato lo condujeron hasta el recinto donde se encontraba el Jefe de Homicidios, quien, con respeto, saludó al recién llegado y le preguntó:

—Entonces, comisario, me dijo Carrasco que tiene un "Gallo Tapao" para el concurso del Cangrejo de Oro, y que se lo trajo de Ocumare del Tuy.

—Narciso, es un casito que esclarecimos en Miranda, le dije a Wilfredo que lo preparara para el Cangrejo, para que participe, no es una cosa que preocupe a la División Nacional de Homicidios y sus sonados casos, ¿o estás nervioso? —Respondió el viejo policía, con sarcasmo e ironía.

—Comisario, sé que nuestro amigo Wilfredo nunca toma nada en serio, pero si usted está detrás de ese caso, algo bueno debe haber. Cuénteme.

—Nada importante, una persona desaparecida que

apareció muerta. Bríndame un café, Narciso.

Luego de tomar el negro néctar de los dioses, se retiró a su coordinación.

El jefe de Homicidios se quedó pensativo, así que llamó al comisario Carrasco, de Ocumare del Tuy, para que le diera una pista sobre la nominación que estaba haciendo conjuntamente con Carlos Rodríguez; éste solo dijo una cosa:

—Estás loco, Pacheco, si digo algo, Rodríguez me mata. Espérate el 20 de febrero y nos vemos en Caracas.

Luego de llegar a su oficina, es recibido por su secretaria, quien de inmediato le coloca sobre el escritorio una resma de documentos para su firma. Al cabo de una hora, recibe una invitación para celebrar el mes aniversario de la PTJ y la entrega de los premios del Cangrejo de Oro.

Miró su agenda, escribió dos recordatorios: llamar al Zulia por un caso de sicariato, y visitar el sitio donde piensa construir la nueva sede para la PTJ de La Guaira.

Mientras leía las novedades que ocurren en toda Venezuela, su secretaria le indicó que tenía una llamada de la Oficina de Recursos Humanos, por lo cual levantó el auricular del teléfono que estaba a un lado de su escritorio.

—¡Aló, buenos días! El comisario Carlos Rodríguez a la orden.

—Comisario Carlos Rodríguez, cumplo con informarle que se le ha otorgado el beneficio de la jubilación, siendo efectivo a partir del 15 de febrero.

El momento que tanto temía había llegado, a pesar de

estar aparentemente preparado, le pareció que recibía un baño de agua fría. El que a tantos delincuentes detuvo, hoy se sentía prisionero del destino.

Una lagrima recorrió su mejilla, quedó varios segundos con el teléfono en la mano y luego tomó su agenda, anotó la fecha y colocó: "Hasta aquí me trajo el río".

Ese mismo mes, el día 20, se entregaron los premios, donde resultó ganador el caso "Matricidio en el Tuy", presentado por la Sub Delegación de Ocumare del Tuy.

En el auditorio una silla estaba vacía, era la del sempiterno investigador, Carlos Rodríguez, cuya carrera policial había concluido con una llamada telefónica de una joven de Recursos Humanos que nunca lo conoció, y que no sabrá lo grande y fructífera que fue su vida dentro de la Policía Judicial.

FIN.